博客思出版社

花舞山嵐 農莊

山居生活

陳似蓮 著

緣起

　　花舞山嵐農莊成立於 2012 年 2 月，一開始是租地種植上萬盆虎頭蘭，於 2014 年元月買下佔地約四甲的檳榔園，也就是目前「花舞山嵐」基地，海拔 900 公尺。秉持將自然回歸大自然的理念，一甲作為花園休閒區，三甲作為造林區，耗時六年開墾打造，一直到 2019 年 3 月完成還地於林後，農莊才正式於同年 8 月對外開放。

　　從一片檳榔林到一座花園，從一棵樹到種下五千棵樹（苗），打造私有林，走入第十個年頭，衣帶漸寬終不悔，為了要在這裡守護這片樹林，需要營生，而將大門打開， 同時開啟了人生另一道門。

自序

　　2021 年是我走入山林的第十年。

　　人生，走著走著，走進一片檳榔林，然後走出檳榔林，再走進一座花園，接著又走進一片私有林，走出荒蕪又走進井然有序。

　　走著走著，有一天，我將花園的大門打開，迎接我新的人生，讓不同人走進我的生活，豐富我的生命，回首花舞山嵐的日子，盡是歲月刻劃而成，2021 年是我將花園大門打開的第二年，此時已匯聚不少支持者，因而有了更精彩的山居生活。

　　《花舞山嵐農莊－山居生活》是我記錄了 2021 一整年阿貓阿狗，生活在大自然裡呈現出人與自然融合，所產生樸實的美麗；造林後撫育過程才是打造私有林的精神，非種下樹苗就大功告成，必須一直到生態復育為止，並且能造就有用之材，刻苦卻雋永；收到山居友人給的愛護與溫暖；與客人的互動透過大自然連結，漸次地像朋友；和當地村民因為乾旱爭水所引發的聖戰；又正值台灣疫情嚴竣時

刻，如何面對更艱困的生存環境，在在考驗我；刻劃最深莫過於一個人的山居生活，在孤獨中找到生命意義。

前面已寫過兩本書，完整記錄了前九年，這本《花舞山嵐農莊－山居生活》是接續記錄我人生下半場第十年，十年是一個里程碑，獨立成一本書於我有象徵意義，不同於前兩本以真實照片呈現，而是採用插畫，以插畫呼應內文，增加趣味性。

前兩本書分別是：
《花舞山嵐農莊－阿蓮娜的蛻變花園》是記錄 2017 年底到 2020，從我被放生山林後開始寫起，面對一座稍顯雜亂的花園還有一片陡峭檳榔林，如何將這片檳榔林砍除後造林成了我的願力，還有改造花園到可以對外開放，讓我有營生來源，也成了我生活的動力，頑強的意志力就這麼啟動了，奇蹟也發生了，一度不相信沒有種樹經驗的我能完成造

林，相信是願力啟動必有來自於超乎自覺的能力吧！也順利將花園門面妝點到能迎接客人的程度。這三年，是我人生很大轉折，從失去自己再找回自己。

《花舞山嵐農莊－阿蓮娜的心靈花園》是記錄2012到2017，從接手兩萬盆虎頭蘭開始，走入人生下半場過程。這是從沒想過的人生階段，沒種過蘭花的我竟冒然買下一批蘭花，因為買了蘭花，所以買了地，買的地卻是一片檳榔林，但在荊棘中有人相伴倒也不覺得苦，總能苦中作樂，夜晚的交頸讓人忘卻白天的疲憊，以為人生就這麼一直幸福下去了，誰知「無常」隨之而來是正常的，2017年底，這個花園只剩我了。

走著走著，第十年，終於走到了「生活」，腳步不自覺輕快了起來，相信是大自然的賦予生命才能如此自在。

篇章

一月

四月

五月

六月

七月

八月

九月

十月

十一月

十二月

2022 散記

一月

二月

一　月

01·01 星期五
跨年

　　從長居山上以來，對跨年活動就興趣缺缺，太冷了！這些年來跨年夜沒有不溼冷過，不管往山上或往山下參與活動都折騰小姑娘我，尤其年底是花量最大時候，經常理花到入夜，整雙手凍得直發抖都會，再加上現在又營業，除了忙花還要忙客人，白天忙裡忙外，每天期待的就是上床睡覺，能多早就多早，醒來後，過了一個年是最快的跨年方式。

　　想必是山居生活務實了我的浪漫本質。

01·02 星期六
新書

　　新書《花舞山嵐農莊－阿蓮娜的蛻變花園》，從我單飛開始寫起，時間軸是 2017 年冬，寫到 2020 年秋，記錄了三年的日子。前半部描述開始一個人生活的心境轉折，後半部寫將大門打開後所經歷的種種，致使人生有了轉變，最後結束在一場熱情洋溢的仲夏音樂饗宴中，同時也接續上一本書《花舞山嵐農莊－阿蓮娜的心靈花園》書中所提到的夢想後來落實過程。

　　全書四篇，生命樂譜、大地春回、自然之美、人存乎愛，共計二十二章。

　　〈生命樂譜〉從一個人面對這座花園開始著墨，在孤單中找到生命意義，心境上轉折；〈大地春回〉則是描述從砍伐最後一片檳榔林到種下一片山坡樹苗整個造林過程，非常激勵的篇章；〈自然之美〉以生活在大自然裡所呈現出人與自然融合而產生一種僕實的美麗；〈人存乎愛〉寫出近年來參與我生命過程的人們所帶給我溫暖與關愛。

　　新書代表三年來我與花園一起走過的生命歷程，寫實的悲歡離合，哪怕我是作者，也早已跳脫出，用讀者角度在看待過去的自己，就像讀故事書，但覺書中主角不容易啊！

　　期許能在 2020 年底出版，出版社真趕在最後一天（12/30）讓我拿到書，於是新的一年開始，我便有了新的故事本可說書。

　　翻著新書，封面設計及編排是由我的助理小史操刀，很高興出自於他，將這本書注入我們合作以來的精神，不敢說完美，但用心呈現一直是我們一貫追求。這本書採黑白印刷，留白也多些，字句行間也加大，相較第一本，密密麻麻的字，連張空白頁都沒有，第二本方便閱讀多了。

01 · 03 星期日
記事一：19 般武藝

　　最近出書，又值花季，除了賣花，還要賣書，看到同學的留言：要採花、賣花、賣餐、賣咖啡、打掃、照顧樹林、又要寫書、現在又要賣書……怎麼過日子啊？看了自己也覺得好笑，不知道日子是怎麼過的，但知道日子過得倒挺快就是，常說自己是 19 般武藝，快要 20 般了！

　　從進入花季以來，每天工作超過 12 小時，還好假日多少有親友團輪翻助陣，不然以現階段沒工人幫忙的情況下，又要採花又要理花又要出貨，可能早已爆肝了。

19 般武藝

記事二：冷清

今天雖然有太陽，但連著兩天都滿冷的，昨天兄嫂來幫忙，儘可能將這兩天能採收的花採收，不然接下來這一週就我一人，恐怕要忙不過來了，昨晚一直到十點，三人才將採下的花理完，新年第一個假期，沒什麼客人，早上繼續理花，中午趕緊裝箱讓他們帶回台中花市拍賣，送走兄嫂後花園更冷了，再忙活忙活會兒，天黑就可以把自己關起來囉！

01‧04 星期一
與世隔絕

晚上送貨下山，順道與朋友晚餐，回到家後不見手機，想必掉落在朋友車上，雖然七點不到，但忙了一天，已沒有體力再下山取手機，慘的是連要怎麼打電話跟他確認也無法，這年頭誰還會記得朋友的電話號碼？我連我媽的電話號碼都不記得，腦中的網路開始運轉，有沒有共同的朋友可以聯絡上，然後轉達……，哈欠連連，睏了，明天再傷腦筋吧！

沒電話、沒網路，我想，別人找不到我，我也找不到別人，完全與世隔絕了，靜悄悄地，手機之於我是很重要的工具，還有網路，當初要立基地台的時候，不同人給了不同的意見，儼然是一件大事，

而我始終沒變的想法是，就算電磁波讓我變笨，也要有訊號，沒有網路就真的與世隔絕了，加上也沒電視，不知道世界脈動也不知道社會動態，所有能對外通訊就手機和網路，等哪天要隱居的時候再拆基地台吧！反正在山上我的工作也不用太聰明，反而笨些好，才能安於現狀。

看了會兒書，累了，再看看時鐘，才八點半，關燈，睡吧！四甲地一片闃黑，就我一人，想像百年以後長眠於此，大概就是如此吧！先實習一下。

睡夢中，聽到紅門推開的聲音，小狗狂吠，一輛車子直驅而入，車燈劃過窗台，停住了，將燈打開，看看時鐘，10點半，猜想應該是朋友發現手機，緊急為我送回來，果真。

文明還是滿好的，但短暫與世隔絕也不錯，最近偶爾會想「何時重返人間？」到底我還要過多久這種非常人的日子？

01 · 05 星期二

記事一：軌道

　　從跑步以來，這次大概是間隔最久的一次，將近一個月，這一個月就像在打仗一樣，剪不完的花，理不完的花，心境不若往年的靜，有點浮燥，生活似乎脫軌了，期許自己是行星，不偏離軌道，運動場上的跑道多少能將我拉回人生軌道上，不致迷失，有點冷的天，跑起來步來特別舒服，太久沒跑步，步伐沉重不少，心情倒是輕鬆多了。

　　從跑步的速度與頻率，多少感受到心境漸趨安逸，這對目前的我來說，並不是件好事，國父說：「革命尚未成功，同志仍須努力。」讓花園在軌道上，成就一片樹林，是我人生最後一役，在此之前，仍須努力，所以我那「重返人間」的美麗情事，就讓它繼續邀思吧！

記事二：監督者

　　工人離開整整 20 天，今天終於來人了，沒有工人的日子雖忙碌但也自在，想作就作、想休息就休息。工人有時不只是工人，還扮演一個督促我的角色，每天的工作排程讓花園在軌道上，不致失控，也讓我必須跟著他們在工作的軌道一同前進。

01 · 06 星期三
小書僮

　　很久沒有參與噴灑了，今天爲了帶新工人再度下海，開著小貨車在園區移動，現在噴灑對我來說不是難事，難的是要開小貨車，一度爲了上坡起步倒退嚕，眼見樹就貼在後車斗屁股，再退稍許就要被撞斷了，小史趕緊開 YouTube 教學給我看，我邊看邊動作，吱吱咕咕的好不緊張，怎麼覺得像在演搞笑片。

小書僮

　　說到助理，小史眞是來給我折磨的，除了他的專業－美編外，還要送貨、打掃、我回家要先幫我開門、買早餐、家裡沒水沒電找他去處理、有演講就要去當小書僮、偶爾還要受到一些小女生房客撒嬌去換燈泡、換零錢，以及做不完的美編，人力不足時來花園支援打草，今天他掛病號，仍被我給抓來噴灑，最後天黑了，再幫我載幾箱花回台中，準備送明天拍賣市場，搞到三經半夜才回到家。

　　這個職缺眞不是普通人能幹的，快要追上他老闆 19 般武藝了！

01 · 07 星期四
大湖尖山

　　寒流來襲，超冷，整天毛毛細雨，時而雲海湧現在大湖尖山山谷，時而白霧茫茫不見大湖尖山。

　　每天開門見山，見的就是大湖尖山，離我好近，彷彿伸手可及，大湖尖山前是一片山谷，因此雲海總匯集在此處，深不見底，有時入夜後依然可見山谷在遠方人家燈火下襯著雲海，那種感覺寧靜致遠，經常被深燧的美景給著迷而佇足在大湖尖山前；而山巒疊嶂，山嵐便從疊嶂處昇起，宛若一幅動態國

畫，美麗至極，大湖尖山的美不由分說我能領略，說是山，卻又是海，見山不是山，見山又是山，無論如何幻化，始終陪著我靜靜地走進走出，它無疑是我的山男。

水氣讓我一整天皮膚很保溼，這份工作讓我總在最冷的天在戶外行走與工作入夜，因此總能見著秋冬最美的一面，心境早已擺脫身體受寒程度，想必是我人生行走必經之路。

01 · 08 星期五
讀書會

這是一場有趣的，與其說新書分享會，更像是讀書會。

愛護我的宋師兄帶來他的烏龜隊友，讓我辦新書第一場分享會。

說起宋師兄，嚴格說起來，與他並不特別熟絡，他是我嫂嫂同修的師兄，或許知道我一個人辛苦，總是默默支持我，客房床位根本容不下他的隊友們住宿，也無法讓遊覽車進來，多數人在這裡就打退堂鼓了，但宋師兄還是堅持要來，在廚房打地舖也沒關係，遊覽車開不進來就走進來，率先買了 20 本

書送給隊友們，讓我作分享時人手一本，不同於一般的新書分享會，先分享後再購書，如果不是因為愛護，不會如此勢在必行。

我將空間拉到「花房」，那裡能容納二十幾人，還有大桌子可以擺上茶點，分享會後能接著晚餐。小寒過後的傍晚，外頭寒氣逼人，大夥魚貫而入，莫不是大衣、毛帽、圍巾、手套，我已在室內燃上媒油，待稍為暖和後，每個人將配備解除，感覺輕鬆不少後才進行分享。因為人手一本書，就很像讀書會了，我依著分享內容，讓隊友們翻閱書，充份互動，活絡的場面，歡笑與感動，剛好書中主角之一，賴老師也在現場，最後，用她 20 歲的靈魂，為大家獻唱一首歌曲，作為新書分享會美麗的結束，也開啟美味晚餐序幕。

我趕緊從作家變裝廚娘，還好有嫂嫂支援伙房，晚餐在大家不嫌棄下歡聚更勝於美食，週末夜晚總是迷人，小酌一直到九點，烏龜隊友們才紛紛散去回房，不知是天冷還是說真的，隊友們說，我水情吃緊，今晚大家都不洗澡了！愛護之情表露無遺。

01 · 16 星期六
預告

　　如果您還記得我們「2020/7/18 仲夏音樂饗宴」，那麼，對其中年輕聲樂家－陸震，還有，主持人－可愛的元元，應該不陌生。

　　1/29 是幾位年輕人的老靈魂，將為我們農莊的客群，在花舞廣場演唱民歌，如果您錯過了 7/18，那麼，請不要錯過 1/29，小週末的夜晚，還有什麼比在星空下聽我們年代的歌重要呢？ 4 年級、5 年級、6 年級生，聽到請答「有！」

　　當天，秉著愛樂的心，只收入園費 100 元，現場備有美味熟食，還有飲料與甜點，邀您共享民歌之夜。

　　時間：19：01
　　地點：花舞廣場

01‧20 星期三
開刀

　　整個一月，每天都冷颼颼，難得天氣暖和了，卻有事了。一早，就被村民叫到水源處開刀，終於！

　　自從花園對外開放後，加上雨水短缺，鬧水問題就不曾停止過。園區有兩個水塔，上個月，一個沒水了，造林區無法澆水，才知我園區的水源又被動了手腳，水根本進不來，而另一個水塔之所以有水，是靠這片土地一處涓涓細水慢慢流進來累積而成，當下覺得好感動，那細細的水，滋養花園好一陣子，我卻不知。

　　第一次，村民私下動我水管時，我萌生退意；第二次，村民斷我的水，我感謝園區還有涓涓細水；這一次，說白了，快「處理」才有水用！大家的情緒越來越高張，而我情緒愈來愈少，開始覺得像鄉土連續劇，而我是劇中那為了夢想留在山區，被圍攻的女主角，按照劇情，這時候女主角要飆淚，男主角應該要飛進來，但都沒有，注定要孤軍奮戰。現場，村子裡有男人說著沒有大腦的話，你一言，他一句，有些話甚至讓我覺得可恥，戲向來就如此，終於知道戲如人生。

　　其實很不喜歡面對這樣的事，怎麼「處理」絕不是我說了算，倒不如說趕快接受「被處理」才有水用吧！

01．22 星期五
下雨

　　正式下了今年第一場雨，終於解了燃眉之急，也能暫時澆熄大夥怒火吧！值得記錄。

01．24 星期日
婚禮

　　做了一張婚禮大帆布，只爲了一場只有十幾人觀禮的婚禮，可我們依然用心呈現，爲新人記錄美麗。

　　新人租借花舞廣場，作爲證婚場合，他們要求不多，就只是一個場地，給親友觀禮，但我很高興接下第一場婚禮，雖然只有幾個人，收入還不足以做這張大帆布，但一場美麗的婚禮是我所期待。

　　新人是一對印尼年輕人，想當然耳，與會人員全是印尼人，中午過後陸續來人，我在花舞廣場佈置一個小型餐檯，桌上擺滿他們事先準備好的食物，就等證婚儀式後歡聚。

　　這是一個非常正式的婚禮，請來印尼認證牧師，還有證婚人，新娘請來新祕化妝，鉅細靡遺刻劃妝扮，頭飾如鳳尾皇冠般華麗，手背也繪上圖騰，耗費三小時後幾乎變了一個人，慎重可見一般，最後新娘新郎穿著印尼當地結婚禮服，一身亮白走進會場，我則獻上白色虎頭蘭花束作為捧花，一切行禮如儀，新人透過視訊讓印尼家人觀禮，來賓則圍坐新人，牧師開始祝禱，唸唸有詞，儀式肅穆莊嚴，雙方誓言相守，簽下證書，最後接受觀禮人一一祝福與擁抱。

　　儀式後，有自助式餐點，供與會者享用，全是印尼道地料理。此時，音樂揚起，新人開始拍婚紗照，朋友們也一一與新人合影，整個廣場洋溢著幸福與歡樂。

　　有幸參與一場異國婚禮，有趣的是，我是現場唯一外國人。

01・26 星期二
聖戰

　　鄉土劇終於來到了高潮，正在花房理花，一群人於我措手不及群聚而來，路過的人還以為在示威抗議，我被「請」了上去至大門處，一二十人圍著我，心想，現在是要圍剿嗎？隨後警員來了，但表示無法用公權力介入村內水源問題，一片吵雜，頭嗡嗡作響，過程中有人說「都市人就是自私」、「做什麼事心裡有數（指我偷接水）」子虛烏有，話之難聽，終歸相罵無好話，但我以自私的都市人為傲，我把在都市賺（借）的錢，花在這片鄉下土地，造林涵養萬物，沒有留在都市吃喝玩樂，現在，換都市人要笑我傻了。

　　就在此同時，山居好友訊息我，得知目前處境，急讓我聯絡一位鄰村大哥來幫忙，我起初猶豫推遲，認為交情不到麻煩別人的程度，但友人千萬催促，叫我別再單打獨鬥，此時需要有人相挺，趕快打電話搬救兵就是了，電話那頭的她比我還著急……鄰村大哥知悉，即刻趕來為我仗義執言。

　　山居好友與鄰村大哥都是我將大門打開後認識的一群新朋友，從此我在這山頭不再孤單，大夥年

齡相仿，經常聚會話家常，有幸能在人生路上遇到
至情至性好友，在困頓時伸出援手，是上蒼的安排，
就為了這一天，從此不再孤軍奮戰。

　　鬧了一會兒，結局就是把我的水管當眾切斷，
意即是在大夥都同意的情況下，包括我，一群自稱
和善的村民，還讓我簽一份用水協議書，協議書全
村人只有我有，了不起吧！甚至懷疑全台灣或許只
有我有這種協議書，感覺應該裝框裱褙高掛明堂，
以公諸世人。

　　協議書載明我用水必須從水塔處開始牽水管至
花園，距離大約一公里，至於以前為什麼可以從公
管分管出來用？答案是：過去就過去了，一切從現
在開始！到底誰說了算？但無論如何，沸沸揚揚的
水事件整整鬧了一年，算是告一段落了，猶記得去
年三月的某個夜晚，還接到一則訊息，讓我好自為
之，字句中充滿警告，今天「一刀兩段」算是「田無溝，
水無流」了，日後自己好生自強便是。

　　不論是朋友還是客人聽聞，均建議我應該剽悍
一點，拿出勇士精神而不是一介弱女子之姿，明白，
水是我花園上萬植物的命脈，我生存的基本，所發
動的是一場聖戰，為園區而戰，史上戰事都是為了

利益，既然出兵了，理當奮力搏鬥，不該任人宰割，很明顯，這場戰事，在情勢上我是輸了，完全無招架之力，在情感上，以寡擊眾只會讓我萌生退意，但求我心中那把「尚方寶劍」（不如歸去）可以一直按住不出鞘。

雖不圓滿，但希望這齣鄉土劇就此全劇終了！

01 · 27 星期三
大地垂憐

關於水事件，我很快做出決定，24 小時內，畢竟沒有水是大事，這個決定肯定出乎人意料。

我放棄從水塔處接管路，這是遲早的事，對外營業後，才有水的爭奪戰，為什麼？因為一到假日我用水量增加了，一片造林區須要灌溉，花園要澆水，村民看在眼裡，多少不是滋味，箭頭直指我是可理解。承蒙大地垂憐，園區有一處涓涓細水，枯水期就是小，但不曾斷過，我想就自己引水吧！下方村民說沒水都是我的關係，現在我不用公塔的水了，想必這才是眾望所歸。

一早，我請水電師傅來挖掘那涓涓細水處，同時放上水管，期望水就此源源不絕流向我的花園，但顯然是奢望，水不大，依舊細微，我呆望很久，不知如何是好，這一丁點出水恐怕要集上好幾天才能供上一天了，沉默成了唯一的情緒表達。

我以為鄉土劇全劇終了，沒想到有一村民，見我引了水，居然也來要一杯羹，言之鑿鑿說水是大家的……重點是，這是我家耶！我挖的耶！而且就這麼丁點水！就像所有的鄉土劇中，一定會有一個狡猾的壞人出來瞎攪和，此時我正想著該怎麼因應這種不要臉的人！！！

水源處很隱密，一個小動作也能被發現，這……這……這……是怎麼回事呀！？

至少花園有水流進了，相信是做利於大地的事，自然，有自然會幫你。

01 · 29 星期五
民歌之夜

小週末夜，微冷，戶外升著火，聽年輕人唱著我們年代的歌曲。

在聽民歌前有小小百匯，讓來客填填肚子，原先只預計一鍋熱湯，沒想到來訪朋友們紛紛帶來好料，於是一鍋又一鍋，薑母鴨、燒酒雞、蘿蔔貢丸湯、雞塊、薯條等炸物，還有桌邊料理的香煎牛肉、酒蒸蛤蠣、水煮螃蟹，其中酒蒸蛤蠣叫好又叫座，一鍋接著一鍋，五斤蛤蠣瞬間秒殺，還有喝不完有酒精沒酒精的飲料，吃得太開心了！坦白講，很有夜市的 fu ～明明是聽民歌而來，怎麼像逛起夜市來了。

話說回來，就是回到年輕時代嘛！咱們一票 4、5 年級生就愛逛夜市，然後到民歌西餐廳聽聽民歌，這回是到戶外民歌劇場，還有營火，享受。

民歌結束後，從民歌年代來到卡拉 ok 年代，換台下的聽眾瘋狂了，換年輕人開吃，好一個民歌之夜啊！

二 月

02 · 01 星期一
修道院

　　每天忙碌依然是理花，怎麼覺得有剪不完的花？眼見再十天就過年了，卻見滿園的花掛枝頭上，明顯感覺到今年花多了，幾乎是去年的兩倍，時間與箱子都已不夠用，花挑著出，許多略有瑕疵的花都是一藍框一藍框送人，收到花的人都會問：「這麼漂亮的花怎麼了？為什麼不出貨？」我的回答只有一句：「因為在等你。」跟同為花家買五十只箱子充數，就像穿不合身的衣服一樣，但好歹是儘量出貨了。

　　幾乎每個假日都有朋友們輪流來幫忙，平日就靠著我早已熟練的身手在恬靜中日出而作日落而息，花季總在天氣最冷的時候，長時間在戶外，全身包裹著厚衣，臉曝露在寒氣中，雙手不離冷水，隻身工作到入夜，黎明即起，像極了修道院的日子，只差沒持缽誦經或挑水劈柴，曾有人問我，會不會走上「出家」這條路？我苦笑，基本上，我的生活型態已經很像出家，只是保留住青絲，保留對霓紅燈嚮往的一閃一閃小心心，留著青絲望紅塵是我在修道院唯一樂趣了，每年總會有相同的想法，花季就像我修心的日子，一年要精進過一年。

　　這一季，每天就是裝保鮮管、封箱子、理花（把醜的花剪掉，把花莖擦乾淨，把花朵調整一下，然後套入花套裡，數花的朵數）、裝箱、出貨，做著不用大腦的工作，有次同學問我要不要一起去上腦力開發課程？有須要嗎？我只要會數數，從 1 數到 20 就很厲害了，每天靜心十小時，有時三餐併兩餐，有時一塊餅一杯咖啡就一餐，很快天又黑了，一天一天，一晃眼就是一季，歲月跟著花開花落又一年。

　　剪不完的花，理不完日子，修不完的心啊！

02 · 10 星期三
重返人間

今天是小年夜，立春過後，花季算是告一段落了。

過去的九天我沒記錄「山居生活」，只有一個原因，每天都埋在花堆裡，理花、裝箱、出貨、理花、裝箱、出貨，工作超過十小時，回房即倒頭大睡，清晨起來又重複同樣的事，依然享受與花為舞的日子。

今年花出落的多又美，櫻花、梅花、蘭花，都超越了往年，不覺吐納中有一股芬芳，工作之餘走在回首盡是歲月的花園裡，所見是如此美麗，彷彿看見我生命綻放得燦爛。

這個花季，特別冷，很長時間在戶外，經常要感受在大冷藏室裡走動的低溫，既保鮮也保仙，最重要的是我學會放過自己，不再工作至三更半夜、不再摸黑起床理花，花園裡未剪的花再五十個紙箱都沒問題，這是我第一次沒將花理完就過年了。可惜嗎？我連嘆惜的時間都沒有，每天期待的依然是趕快上床睡覺，趕快起床。

　　每年的花季對我而言就像是一場試煉，身體、精神、心靈都必須長時間專注在花朵上，在低溫裡，在花房裡，獨自閉門，今年花多，適逢乾旱又被斷水，為了水情，每天照三餐跑水源處巡查；憨吉（小狗）不見三日後，重傷回來，樣貌淒慘，整個頭像被打爆一樣，腫得像豬頭，連牠最愛的肉端在牠面前都視而不見，一動也不動癱著，一度以為要失去牠，沒想到牠竟然撐過來了；我的手在寒冷的氣溫下洗碗，熱水讓碗瞬間裂成兩半，虎口就這麼硬生生地滑過，鮮血毫不留情迸出，掛急診縫了四針，卻仍然長時間和著傷口理花；在忙亂中我的新書出版了……

　　就在寫文的同時下雨了！
　　再沒什麼比此時下雨更令我雀躍，太久太久沒雨水，心心念念就是花園裡的植物呀！

　　我總是說不知何時能重返人間？
　　為什麼不是「凡間」？
　　因為我常覺得這不是人幹的工作。

02‧11 星期四
年夜飯

　　連著兩年，國中同學來山上與我一起過年，原以為今年只有我們兩人和工人，臨時多了學妹一家三口，我們用心準備了些年菜，備上一瓶酒，稱不上豐盛，就是很家常，拼拼湊湊的年菜就像餐桌上人的組合，集合了好幾戶人家（我和同學兩人就兩戶，工人兩人也兩戶，加上學妹一家一戶，共五戶），但誰在乎？圍坐餐桌上的我們都很開心在這世外桃源山中有了一頓不一樣的年夜飯。

年夜飯

02‧13 星期六
筷架

今天是初二，雖是過年，但客人不多，還能一一跟客人恭賀新喜說年話。

一家庭客人臨走前送了我兩雙筷子，說：希望快快能遇到陪我一起吃飯的人，意味深長，很棒的禮物。但少了一個筷架（嫁），要一起吃飯不難，難的是要能一起回娘家吃飯的人呀！

02‧15 星期一
金鋼杵

過年期間水源一度微弱，鄰村大哥來探勘，見勢不是勢（台語），今天特地來幫我重導出水源，同時砌一個小蓄水坑，讓我有水可撿（台語）。在都市生活大半輩子的我，蹲在這涓涓細水前看著水流，三天兩頭清石子撿枯葉，端看這永遠續不滿的水坑，卻慶幸還能聽到悅耳的水流聲，代表至少還有水流出，不禁懷疑起我的人生，真到有些不真實了。

鄰村大哥帶來幾乎與人等高的大鐵棒，前後兩端各有功能，貌似金鋼力士手持「金鋼杵」一付要來摧毀敵者的樣子，他簡直乾坤大挪移，將水源處的

大石一一撬除，三兩下功夫便形成一個水匯集平台，讓水能順利流出，原來一堆石頭擋住了水的去路，此時水流速開始大些，大哥並做了一個小小蓄水池，方便引水至水塔，我嘖嘖稱奇，感謝不已，對大哥來講，這是小事，不足掛齒，但對我而言，是困難的事，完全不懂，我連一顆大石頭都不知該麼移動，隨後大哥將金鋼杵交至我手上，讓我玩玩，我想它之於我不只是象徵「催毀敵者」更甚是強壯我的力量，增加我的智慧，在晦暗不明中能展現自性清淨之光，不受黑暗籠罩，把玩了一會兒「金鋼杵」，將之交還金鋼力士，寶物之沉非玩物，物歸原主，適得其所。

金鋼杵

除了大地垂憐我，上天也厚愛我，派來外圍支援，讓我在這場水聖戰中，有所斬穫。

02‧16 星期二
初五

過年最後一天假期，天氣依然晴朗，整個過年，農莊客人並不多，三三兩兩，在同學及學妹的支援下算是輕鬆過關了，我想就從今天開始公休吧！關上大門。

不知朋友們是不是算準我今日公休，居然一天下來來了六組人馬，從第一組直接推門進來後，接下來的人眼見大門敞開，直驅而下毫不遲疑，結果是公休日比其它日來得客人多。

02‧19 星期五
九年

今天是接花園滿 9 年的日子，不可思議！

9 年，變化很大，從租地到買地，從兩個人到一個人，從一片荒蕪到一座花園，從無數檳榔樹到上千造林苗木，走過風風雨雨，歲月在不經意中做了改變，可不解為何歲月沒有將我帶離這裡？也因為如此，我有了不一樣的人生。

　　2012 年，我因為看見美麗而接下 2 萬盆花，只為了喝一杯鮮奶而養了一牧場牛；2017 年是我人生的轉折點，失去伴侶、斷了經濟、獨自面對一座山，我望山興嘆，多希望能瀟灑的把它賣掉，但賣掉後呢？我什麼都不是！我的人生難道就此劃下休止符嗎？不願意人生走到半百卻是一無所有，我想，能成就我的只有「花舞山嵐」，也只有我能成就「花舞山嵐」了，相信這個花園失去我將會回到一片荒煙蔓草，然後待價而估，如同我失去這個花園將一事無成，然後行將入木。這年，我重新思考人生意義，並且有了目標。

　　2019 年的此時，我寫了一封信給自己，提到「奇蹟與希望」將伴隨而來，果不其然的意念主導，這兩年如同奇蹟，變化之大，常覺得不可思議。從四甲檳榔樹到現在一棵棵樹拔地而起，我是如此外行並且沒有金援，但創造了屬於自己的奇蹟，相信是「希望」一直引領著。

　　一晃眼就是九年，將邁入第十年，走著走著，腳步輕快了起來，相信是大自然的賦與，生命才能如此自在。

02‧20 星期六
撿水

　　初五開始翻牌公休至今初九，以為能好好放個假，但事與願違，每天依舊忙碌，依舊倒頭就睡，依舊起個大早。

　　撿水（台語）成了我每天的早晚課，走在往水源的小徑上，遠遠看見年輕時在補習班教書的我，每天打扮得漂亮，上班前還能騎個腳踏車去游泳池游上幾圈，下課後逛逛街道，假日與好友相約喝咖啡，生活愜意。反觀現在的我，不變的牛仔褲，始終的蓬頭垢面，生活緊湊。此時，年輕的我與我擦肩而過，她絲毫沒有遲疑眼前這個人是她的未來，她怎麼會相信年過半百的她會出現在這裡呢？她在繁華的都市裡啊！充斥著香水、保養品、美麗的衣裳，正笑盈盈對著電話裡的人，走著說著，彷彿電話裡的人能看見她可愛的笑靨，可只有我看到她的青春正綻放，漸漸地，我已嗅不到她髮稍洗髮乳依舊的香味，走遠了。

　　從水源處往回走，走在崎嶇不平的小徑上，遠遠地我看見一老太太，想必是未來的我，這回，我相信她認得我，錯身時，她停下腳步，端詳了我，

我也端詳了她，好熟悉的眼神，會心一笑後，我們
互相點點頭側身而過，沒有說「再見」，看著過去的
我的背影漸行漸遠……我沒有勇氣問「這幾年過得好
嗎？」「花園交給誰？」「樹成林後有多美麗？」「花兒
們最後都去了哪？」我想，這是我想知道，卻又害怕
知道，過著已知未來的生活，恐怕在人生道路上會
缺乏探索動力而停止腳步吧！

撥水

以前總聽山裡人講「撿水」，不明白意思所為而來？終於在第九年我知道了，並且與我的生活習習相關。若說人生無常，世事難料，那麼「撿水」是我人生最最最最⋯⋯一百個「最」都不為過，最難以預料的事，當山澗沒有水流出，或水從土層流失，眼皮下沒有第二件事更重要，當務之急就是「找出水、留住水」，沒有猶豫，整個人和進爛泥巴裡，不斷挖掘，一雙手又臭又髒，蓬頭垢面，只為了留住水，別說年輕的自己認不得我，我也不認得自己了。

02．28 星期日
刺蝟

送走客人後，忙碌的二月也跟著結束，感覺可以鬆一口氣了，也謝謝許多愛護我的親友在假日人力支援，讓我能從容應對花季與年假。

夜深人靜，深深審視自己，有那麼一點點感觸，發覺恢單後的自己有很長一段時間像刺蝟，幾乎是謝絕任何人的關心，舉例來說，天熱，朋友說：「多喝水哦！」或農忙時說：「別太累了，多休息。」天冷了，說：「穿暖和一點，別凍著。」我只要說一句：「謝

謝您。」就可以閉上嘴巴了，偏偏，就要刺蝟上身，自以為是的說：「我已經五十歲了，知道什麼時候該喝水。」「天冷，我自然會穿衣服，還要你說哦！」「工作都做不完了，還休息？誰來幫我工作？」話說完，往往是一陣靜默。

回頭看那時的我，倒也不是故意變裝刺蝟，而是環境使然，一個人要面對前所未知的事，不自覺得武裝自己就是豎起全身的刺，以為刺很厲害，可以掩蓋脆弱，打擊敵人，保護自己，就像「小王子」書裡那株玫瑰花的三根刺，防禦的不是敵人而是內心驕傲的自己，漸漸地，我好像懂了，人與人之間不就是靠那簡單幾句問候在傳遞密碼嗎？讓你知道我在關心你、你在我的心裡、我希望你好好的……於是放下防衛，敞開心扉，接受朋友對我的善意，現在的我已經學會說：「謝謝。」然後關上嘴巴，至於那隻刺蝟，已經被我野放到山林去了！

三 月

03・01 星期一
瘋狂

　　客人問，是什麼意志力支撐我走到現在？我調皮地說，此事已無關乎意志力了，而是「瘋狂！」

　　下一個客人接續這個話題，能瘋狂的做一件事，就是已將此事當作「娛樂」了！只有視爲「娛樂」才能將別人眼中的艱困過得如此這般悠遊自在。

　　忙了三天，送走客人的第一件事就是去花園看看樹，逛逛花園讓我覺得放鬆，我的娛樂果然是這片土地啊！

03・03 星期三
造林

　　2019 年的三月是我將最後一片山坡種植苗木，徹底的還地於林，那是我畢生難忘的三月，當時的意志力不可思議，認爲這是生命歷程中相當重要的一段，常常覺得那個階段的我不是我，也許是願力的啟動會有來自於超乎自覺的能力吧！

　　那年的三月，天候就像三溫暖，歷經大太陽、大雨天、濃霧天，經常是大太陽時被曬得頭昏腦脹，過程中不是因爲拉水管澆水弄得筋疲力竭，就是在

雨中工作，淋得淒慘。整個種樹的過程中，最辛苦的不是在大太陽下，也不是在雨天裡，而是拎著土球的樹苗爬上山坡種植，有的土球大，很重，而山坡很陡，爬得吃力，工人吃不消，幾經考量，有些植物只好裸根帶上山坡種植，加上石頭多土少，要鑿一個土坑並不容易，土鏟斷了好幾把，每把土鏟的銳角都變形，全向內坳折。

或許我給了很強烈的使命感－種樹！除非是下大雨，不然陰天細雨工人照常爬上爬下，穿梭在山坡上，任雨濕透全身，沾得混身是爛泥巴，而我不論再怎麼惡劣氣候，總是和工人並肩作戰，不敢自己偷閒去。每次在極端的天候下種樹，就覺得這不是人幹的工作，但我知道，如同海明威「老人與海」的故事，有時候大自然的無情是為了考驗人性脆弱的一面，而我希望能戰勝脆弱，在三月底前把我所屬的山坡地全面種植完成。有時候不懂自己，就像不懂那「老人」，我們到底在堅持什麼？卻終究沒放手。

造林區經過了兩年，有些苗木已枯萎，有些苗木適應不良，沒有生長跡象，有幾塊區域呈現光禿禿樣貌，於是過年前就開始跟林管處訂購苗木，年後便開始東奔西跑接回植栽。

　　兩天一夜，快閃宜花東，開了一千多公里，去四個林管處苗圃，找苗圃就像在走迷宮，拐彎抹角，但見都在林中深處，山谷峰迴下，每個苗圃都令我驚嘆，美麗、幽靜。共計載回 360 株樹苗，塞滿整個後車斗還不夠放，連後座都給塞爆，超過預期，除了瘋狂也不知要怎麼形容了，唯美中不足，少了時間欣賞久違的花東美景。

03‧07 星期日
師母

　　送走客人後，坐下獨自享受靜謐是一種美麗，很感謝不同的客人來豐富我的生活，讓我的山居生活雖孤獨但不孤單。

　　這週很開心盼來一位我敬佩的李師母，與李教授稱得上熟稔，這幾年與老師的餐會師母也只出現過兩次，都是重要的日子，時間上總沒特別交談，老師生病後，我每個月去看看他老人家，閒話家常，才開始與師母有了較多的對話，老師走後，我有空就去看看師母，與師母成了好朋友，總欣賞師母頭腦清楚、獨立自主、體態優雅，仍然開車靈活，有次坐師母的車，我問，師母打算開車到幾歲？因為

我一直納悶自己能開車到幾歲？師母說，八十歲應該還行吧！意思是，我還有三十年的車要開。

不說，誰能看得出來頂著一頭烏黑俐落短髮，坐在駕駛座的她已經七十幾歲了。

03．10 星期三
愛情

行道樹，黃花風鈴木與苦楝樹同時開花，豔黃風鈴花搶走了淡紫色苦楝花風采，如果用愛情來形容，黃花風鈴木濃郁的黃，容不下一片綠，愛得太你死我活，相較小小苦楝花藏在綠葉裡，卻散發著 5 號香水，顯得相敬如賓，不溫不火。

烈焰的愛情像極飛蛾撲火奮不顧身，車道儼然成了行人道，車與人爭道就像眼前滿地鮮黃，太熾烈了！而苦楝樹下沒有守候愛情的羅密歐，但花香飄進車裡，靜靜地陪伴，像極了暮年之愛。

或許我的生活與化太密不可分，關於賞花跟風這檔事怎麼也吸引不了我，應該可以申請職業傷害補助吧！

03‧11 星期四
獨居老人

　　從我山的位置朝遠方望去，能看見竹林中有一間黑瓦屋及其院子，晚上還能看見一盞微弱的路燈，有點像一幅畫。一直都聽說那裡住著一位八十七歲的老先生，也聽說有一條林間路徑能從他那裡走到我這裡，工人曾說看過老人從林間走出來，從我們大門出去，這些年來，這兩件事始終都是聽說，別說他隱居在山中，我何嘗不是深居簡出？

　　一直到去年，有一次我正要下山，終於見著了他，他正要走路去搭公車，於是載了他一程，才有機會與他話上幾句。老先生若沒能在路上搭上便車，走到公車站要兩個小時左右，回程是上坡，時間還要多些，別的不說，光這腳程，老先生硬是要得，有多少八十幾歲的老人能一天走上五小時，還得提上菜藍？！

　　下午穿越林間至黑瓦屋探訪這位獨居老人，果然是幽寧小徑，穿越雜樹林，行進中偶有已乾涸溪道、斷橋，又是一片竹林，終於來到看了多年黑瓦屋的真實樣貌，很老的房子，應該比老先生還老，老先生出來帶上我們，讓我們跟著他腳步到他的林子裏看巨木，一夥四人跟著走著，最後只剩我一人

跟上，我想，這是在山林生活九年的鍛鍊，而眼前
走在幾乎是峭壁上，身手依然矯健的老人是八十七
年的鍛鍊，誰會相信？或許這就是環境的厲害，無
形中鍛鍊一個人。

03·14 星期日
擺攤子

　　年後生意較為清淡，假日來客數寥寥可數，在
樂野村友人號召下，拎著花桶到「鄒市集」跟著他們
一起擺攤，「鄒市集」靠近石棹，很空曠的場地，離
山離天空感覺很近，經常有活動在那裡舉辦，幾乎
常年雲霧繚繞，總是涼爽。這是我第一次跟著擺攤
賣花，挺有趣的，更有趣的是，他們比我還會賣花，
枉費我賣花多年。

　　昨天我人沒去，他們幫我賣，問我一把賣多少？
　　我說：「一百就好了。」
　　「什麼一百！這麼漂亮的花，一百五十啦！」
　　我可樂了：「當然好呀！」心想，這山上地方，
別說一百五十，就算一百會有人買嗎？
　　出乎意料，不久，他們告訴我，一百五十元遊
客搶著買，已經幫我漲價了，現在是二百元，讓我
再拿些花去，哇！厲害！

今天，我去站崗，見識到朋友的介紹：「台北，是算朵的，一朵五十元，五十元哦！您看這一枝十幾朵花，隨便算也五百元了，我們這裡是產地，一枝才二百元，三枝五百元就好⋯⋯」

我在後頭嘖嘖稱讚，直說，好會介紹啊！我輸了。

朋友轉身跟我說，這是一位來自台北的客人跟她說的，所以她才敢這麼介紹，我知道這花的身價是這樣，但我就是不會這樣介紹，總是隨客人愛買就買，不多贅言，橫豎我是姜太公釣魚。

擺攤子

03．16 星期六
大地的禮物

從二月底至今，陸續跑了九個苗圃，終於把向林管處採購的 560 株與申請的 500 株苗木，共計 1060 株，全數載回了，這是我今年送給大地的禮物。

過程中最有趣的是尋找各地的苗圃，苗圃多在深山裡的小路盡頭居多，有些路甚至崎嶇不平，常常車開到覺得困惑，然後就是一個驚喜，找到了！這時，很慶幸有皮卡（車）領路，翻山越嶺、崎嶇不平，都恰如其分。

造林後，一段時間，有些苗木會枯萎，需再補植，我想，就一直種，掛了就補種，凋萎了再種，終有一天一定會成林的。花錢總是精打細算，但對於大地卻是捨得，有一小塊地，兩年前種了一批苗木，全軍覆沒，只有一株存活，前些日子索性花些錢整理推平，讓接下來要種植的苗木能夠順利長大。

這次採購「鐘萼木」是所有植物中最貴的，令我咋舌，相信你知道價格後會跟我一樣，十公分實生

苗一株四百元！它的價值在於它將瀕臨絕種，只是這麼小，要種到距離地植的高度，還真沒把握，這之間不知要損失多少株啊！

03．18 星期四
乾旱

這週開始種樹了，距離上次下雨到現在已經超過一個月，今年至今雨水少的可憐，已經三月中仍不見雨來，土層很乾，天氣很熱，只能眼巴巴看著事先浸潤的樹苗入土，那一點溼土球撐不了兩天，與工人在山坡上上下下的，礫石輕易就滑落，一點也不好玩。

種樹其實是滿孤獨的事，但漸漸地，我愈來愈能享受孤獨，烈日下，悶著頭各做各的，工人用力在滿是石礫的土層鏟土，鏟子又斷了一支，我則在一旁修剪樹，一天下來虎口起水泡，手指僵硬到像機器人，但看著樹長大卻相當有成就感。

不覺驚蟄已過，難怪又見蛇出沒，期待雨水也出沒。

03 · 21 星期日
貪吃的樹

　　這週每天都很熱，真不是種樹的好時機，但還是要種，近千棵樹苗等著入土，相信春分過後很快有雨水了。這個週末同學夫婦及幾個大男生來幫忙我送禮物給大地，共計送出 110 株，套句官方說詞：「我謹代表大地謝謝你們，你們滴下的汗水，在這枯水期同時滋養了這片土地。」

　　樹的力量是我們無法想像的，兩年前在地植時，有些樹苗歪曲，用木棍撐住，成長過程中沒有即時解開，經過了兩年，樹不是將繩子撐開，而是包容，將繩子吃進去了！「包容」在樹的成長過程中令我覺得不可思議，以前無知的我，以為樹會將綁住它的繩子撐開，會將阻礙它的障礙物排除，都不是，樹會直接將它周圍影響它

貪吃的樹

生長的東西「吃」進去，完全包住，融入在樹幹中，想拉都拉不出來，感覺滿貪吃的。

　　這次補植的過程，我逐一巡視，見識到樹的力量，也深覺樹的韌性，硬是在石頭中紮根，更感受到自己想從塵埃裡開出花的執著。

03・25 星期四
岩石裡的花

　　三年前的此時是我完成最後一塊造林區域，就像拼圖一樣，一塊一塊將檳榔樹除掉再一塊一塊種上樹苗。最後這塊地砍除檳榔樹後，開始要種樹了，自己踏遍每一吋土地，才知道表層根本沒有什麼土，再怎麼會挖，十公分、二十公分依然是石礫，要在這裡種遍樹苗，讓它成林無疑是要在岩石裡開滿花一樣，陸陸續續，一區塊一區塊種植，整個造林完成，前後大約花了三年時間左右，美麗又艱辛的過程，這是我看完三年化成六分鐘《還地於林》記錄片的心情。

　　《劃整為林》記錄的則是我開墾的過程，分成兩個階段，前後兩年才完成，從一開始的檳榔林，挖挖挖，挖出一個、兩個、三個、四個……好幾個平台，每一個平台的週圍種植不同的植物，形成一區

特色，每一個平台都像是一個故事訴說著。

　　兩支影片只短短十分鐘，用十分鐘看盡兩年，都還來不及眨眼，短暫回首依然無限深刻。

　　我常覺得：不敢回頭看過去，過去太不真實了。
　　那就別回頭。
　　但還是忍不住回頭……

03·29 星期一
貝殼的家

　　很多人問我，回台中家都做什麼？

　　這是個好問題。還真沒事作！跟山上有做不完的事截然不同。

　　與其說是我台中家，不如說那是貝殼的家，滿屋子貝殼，有專屬的櫃子、專屬的玻璃盒、專屬的空間，通常我會四處看看貝殼，然後找幾個久違的貝殼把玩，再翻翻貝殼圖鑑，兩本貝殼圖鑑早已數不清看了幾遍，但始終沒有摺痕，因為是我最珍愛的書，捨不得弄髒弄皺。

　　今天回來，我看到「金星寶螺」，幾乎忘了有這顆，也忘了它的身價，就乒乓球那麼丁點大，卻有專屬的寶瓶待著，肯定價格不斐，果不其然，上網

問了谷哥，從品項差異 1200 到 4800 不等，這讓我有了很深的思緒，以前我像失心瘋似的，以為愛我的人，跟我一樣愛貝殼，越買越貴越捨得，那是我曾有過快樂的日子，每一個貝殼都是一段美麗的回憶。

恢單後，我幾乎不再買貝殼，最後買一顆「龍宮翁戎螺」作為我玩家最後的收藏，算是告別人生一個階段。

恢單後，我開始買樹苗，算是開啟人生另一個階段。

貝殼的家

四月

04．04 星期日
辦家家酒

總有有客人問我：這塊地是祖先留下來的嗎？

可以理解這題目，若不是祖先留下來，怎麼會一個人守在這裡呢？是啊，我多希望是祖先留下來的，那代表我可以少奮鬥幾年，多玩幾年，很可惜，不是。

很多人訝異就我一個人做這些事，漸漸地我也覺得自己好像在辦家家酒，煮煮飯、種種樹、剪剪花、洗被單、沖咖啡……沒事就逛自家的花園，假裝是客人……

不管是祖先留下，還是銀行所有，反正就是辦家家酒。

辦家家酒

04 · 05 星期一
大梅

　　大梅是買地後，我第一個指定買的植物，那時還是檳榔林，什麼時候能種植都不知道，就猴急買了一堆大梅樹苗等著，這一等就是一年多，平台一整好，開心地一棵棵親自栽植，算是我最有感情的樹。

　　因此最常去春梅區散步，梅樹枝幹黑褐色，與所開的花形成對比，枝條依著所想的姿態讓它伸展，想像它長大後會是多麼妖嬈的樹型啊！經常幻想著日後要做很多梅加工品，沒想到，它的生長速度緩慢，當年的幻想成了奢望，去年終於有了梅子，五斤，我可開心了，今年是種下的第六年，花著實開了不少，霎是美麗，今日又去賞梅樹，簡直不敢相信，每棵樹都結實累累，雖由年初的花多可預期果實，但仍出乎意料，破百斤不是問題，很有得玩了，我的幻想終於可以實現。

　　都說要在清明前做脆梅，真不知差一天會怎樣？於是，我乖乖趕在最後一天採摘、加工，整個過程顯得耗時費勁，還是做梅酒、梅醋便宜行事些。（乖乖，跟我的反骨有點背道而馳。）

朋友恰好送來二十公升清酒，濃濃米香，除了梅梅，還有什麼更適合沐浴在其中呢？從採摘到浸泡，不到二十四小時，新鮮直達！

04·08 星期四
不要動

昨晚回台中，一早起來靜悄悄地，連蟲鳴鳥叫都沒有，不同於山上。在屋裡活動了一下，若沒有刻意「打開聲音」（音樂）彷彿與世隔絕了，坐在餐桌前喝著咖啡，咖啡依然是我的早餐首選，不論何處。

聞著咖啡香，突然有個念頭，真想時間能就此靜止下來，不要動了，真的不要動了，讓咖啡香多逗留一會兒，也讓我多待一會兒，不要動。

04·11 星期日
新書分享會

應台南東南扶青社邀請，今天晚上在台南政大書城有一場新書分享會，主辦單位並贊助虎頭蘭三十把，支持現場購書，我更感謝的是主辦方對我的支持與愛護，台南對我而言沒有地緣關係也沒有特別情感，但從此，台南，對我有了意義。

　　因爲是假日，又是晚餐過後時段，有父母帶著小孩一同前來，大家席地而坐，感覺很溫馨，每個人都聚精會神聽我說故事，看我分享的記錄片，看從前從前的荒煙蔓草，又看爬上爬下像猴子在種樹竟種了一大片，又看怪手挖挖挖，挖出一座花園來……

　　這次分享會，我們準備了六支影片，分別爲從一片檳榔林開始開墾，過程分爲兩支、完成整片山坡地造林一支、園區空拍兩支、自辦仲夏音樂會花絮一支，每支影片從一堆照片開始挑選到完成，尤其開墾的時間長達兩年，照片好幾百張，去蕪存菁到最後，一支影片五分鐘，製作至少都要十小時以上。

　　花園邁入第十年，在第八年時對外開放，從園區開放後，便著手進行編製記錄片，請了助理專責在文宣這一塊，將過去的大紀事一一經典呈現，並不斷爲花舞山嵐量身定作華服，常被問到，值得這麼做嗎？我期許「花舞山嵐」能成爲一顆耀眼的明星，當有一天有機會站上舞台時，她已經準備好了，隨時能向世界展現她的資歷；若我無緣成爲星媽，至少在我七老八老要吹彈年少多麼瘋狂時，有影片爲証，都可以想像變成老人的我「話當年」是多麼地臭

屁啊！當我人生走到盡頭時，再看最後一眼影片，我知道我沒有白活啊！

04．17 星期六
分盆

　　每年花季結束後首要工作就是「分盆」，將爆盆的植栽分株後重新栽種，分盆的期間不長，也就兩個月左右，在發芽分化前必須將此一工作完成，每年也就分盆一小區，得抓緊時間。

　　栽種虎頭蘭所用的介質為椰塊，往年買椰塊的資材店今年嚴重缺貨，遍尋幾家資材行仍無所獲，於是上網搜尋，找到苗栗一家同為用椰塊種植草莓直接進整貨櫃的店家，這一買就是一棧板。一棧板六百公斤椰塊直接用堆高機推進皮卡後車斗，整台車頓時下沉，就這麼從苗栗一路開回嘉義，踩油門明顯感覺得到車體重量，沉甸甸，唯買了一堆草莓沿路吃回來，讓心情輕鬆不少。

　　從三月底買回至今，一棧板椰塊已用罄，分盆就此告一段落。

04 · 18 星期日

記事一：開心二三事

今天最開心的事莫過於終於下雨了！久旱逢甘霖人生一大樂事也。

第二開心的是，客人說，從來沒喝過這麼好喝的桂圓紅棗茶。從來哦！而且是中年人，不是三歲小孩！如果是三歲小孩就沒什麼好高興了，小孩的「從來」也不過三年，但中年人的「從來」至少有五十年吧！

記事二：真實真情

明天是賴老師在田尾個人小型音樂分享會，賴老師是我敞開大門後認識的知心好友，她總是支持我，我也欣賞她，人到中年還能得莫逆之交不容易，有天我跟她說，當我六十歲，功成身退了，想去杭州住上一個月，最好半年，如果那時我們都還單身，就一起出發？她沒有遲疑的回答「好」，這就是支持。她的音樂分享會我義不容辭幫忙，既是司機也是工作人員更是聽眾。

　　傍晚傳來她練唱的歌曲給我聽，動人的聲音，每每聽她唱歌就覺得不是我認識的她，柔美婉約、清澈明亮，我回她：「好聽，你唱歌是一個人，平常搞笑又是一個人。客人問我，農婦、作家、廚娘，哪一個我才是眞實的？我想，都是眞實的，你也是，很眞實。」

　　我們因爲眞實，所以眞情。

真實真情

04 · 19 星期一
一盞燈

　　忙了一天參與賴老師的音樂會，晚上從田尾就近回台中家，這個月又當了寄宿家庭，顯然學生還沒回來，家裡安靜且乾淨，不同於以往，只是燈沒關，我坐在廚房吃東西，邊看今天的錄影檔。

　　不一會兒，學生走了下來，原來學生都回來了！學生問我明天還回來嗎？ 我笑笑說，不了，怎了？學生說，若回來，他們會像今天一樣留盞燈給我，若沒有，他們會把樓下的燈關了再上樓。突然好想回來喔！

　　每次回台中，小史會先幫我把家裡的一盞燈打開，讓我進門是有溫度的，這次的學生好窩心，給了我回家的溫暖。

　　我的家小而美，寄宿的人多半會喜歡，曾經一位美國老師一早在我的小客廳裡靜坐，起身後說，這是一個美妙的空間，一個完美的家！我喜歡「完美的家」這四個字，雖然我很清楚知道其中的不完美，但完美是不完美創造出來的，而台中家是我僅存的完美。

04‧21 星期三
孤島

　　四年了，家，仍然是我揮之不去的渴望，今天開車下山買東西的路上，有那麼一雲那閃過，好想回歸「家庭」，既然是「回歸」，就是放下工作，放下山上，回到「一個家」裡面，一個人的家也罷，最好是兩個人的家，甚至是一大家子人的家，洗手作羹湯，假日爬爬山、逛逛百貨、偶而和姐妹淘喝喝下午茶，讓日子在平淡中逝去生命。

　　不懂，為什麼我現在要過得這麼奔波？過了半百反而在跑馬拉松，以為年輕辛苦便能倒吃甘蔗，也許老天覺得我會活到百二，所以還不到倒吃甘蔗的時候，生活依然辛苦，很長時間在開車，車子快成了我第二個家，經常一開車就是吃東西、聽音樂，很放鬆，但也很寂莫，也許是因為這樣，腦海中才會在那麼一瞬間閃過，想回歸家庭。難道山上不是我的家嗎？與其說是「家」，它更像是我人生修行的道場，道場與家畢竟不一樣。

　　也許是回歸家的念頭太深，昨夜睡夢中與過去的家人見面了，他領我至他的新家，見著了他新家人，是幸福的，走出大門後，在轉角我嚎淘大哭，抽蓄著身體，像個走失的小孩子找不到回家的路，

在現實生活裡，哭，一直是我想要卻做不到的，因為我不會哭，不知道怎麼哭，我甚至不太會表達情緒，這一哭算是補足了三年多來我獨自面對生活的冷靜，說好封印人類的記憶呢？何苦去掀開那已結痂的皮肉？自討苦吃！

〈孤島〉

我在孤島上航行
孤島不孤
蟲鳴鳥叫
奇花異草
還有上千樹木
雄偉如軍隊護航

我航行在孤島上
等候沒有上岸的人
畫過風景總是美麗
一幕一幕
孤島終究是孤島
我依然航行在孤島上
等候一直沒有上岸的人

04·22 星期四
讀者

我開始有了慕名而來的讀者，多半是稍有年紀，或女性居多，同為女性或許較能感同身受我經歷的種種，而稍有年紀則是隨著年齡慈悲心同時益增，不捨見我一女子在深山裡獨坐望月。

一位讀者來電話，說看了我的書，覺得我不簡單，想來看看我。

數日後，她帶來了一群朋友用餐，其中兩位還是教國文的退休老師，面對國文老師，我總是戒慎恐懼，就怕我這中文研究所學歷不專，要讓前輩笑話了。餐後，我為他們說說故事，故事淚中帶笑，或者朗誦詩句，大夥靜靜傾聽，時而看著我。現在，我越來越像在說別人的故事，說書的同時自己就像讀者，傾聽書中主角心境上的流動。

一段落後，一位退休老師拿出他的手作品，一個很精緻的小盒子送我，說，裡面一對小小紙鶴，通常他會送給有伴侶的人，但他想送我，小紙鶴大約 1.5 公分，非常迷你，不可置信這是七十幾歲男老師所摺，手真巧。

這一年來，我感受到，稍有年紀的客人，總希望我能有一個伴侶，這是件有趣的現象，由此可知，「老伴」其來有自，老了，伴，相形重要。

不久，一位 80 幾歲嘉義家職退休的周老師看了我的書，很快來與我認識。因為媳婦帶回我寫的第二本書，她先隨手翻了翻，馬上被書裡情節所吸引，欲罷不能閱讀起來，已經很多年沒有這樣一口氣看完一本書，已經很久沒有想出門了，為了與書中的女生認識，有了出門的念頭。

看完書的隔天，周老師便與我相約見面。

見著了我，她說，完全沒有她想像中鬱鬱寡歡的樣子，以為會看到一位沉默不苟言笑的苦情女子，反而是樂觀健談，她感到高興，如同書中寫的蛻變，周老師春風化雨三十八年，老師本能，給我很大鼓勵與支持，每個人生轉折都是契機，年輕時被舅舅調侃「醜到連火車都不給坐」的她，成了台灣高職美容科創辦人，美與醜很衝突卻衝撞出一番成就，當年她把「醜」視為激勵，以成立「美容科」為使命，而有了今天最資深的美容科主任稱號，席間我們歡笑聲不斷，講到激動處老師還會拍桌慷慨激昂，說到兩人心靈相通時還會手拉手應和，相差三十歲的我們跨越了年齡界線。

當我八十幾歲時，相信已經看淡了過去三十、四十幾年的日子，甚至對於愛情的死去活來，那時的我，只怕要忘卻曾經渴望的朝朝暮暮啊！

04 · 30 星期五
小花

這個月我覺得有兩樣東西黏在我身上，一是梅子、二是小花（狗）。

梅子今年產量多，算算大約有 200 斤，每天睜開眼睛就是去採梅子，接著做各式各樣的加工品，大大小小瓶瓶罐罐，整個咖啡館快要變成梅子加工廠了，睡覺都還在想明天梅子要做什麼好呢？終於，這週梅子已經尾聲，可以告別梅子了～ bye-bye

至於小花，三月底從外面腳受傷回來，看似皮肉傷，也沒多加理會，轉身就回台中，以為牠會治癒自己，沒想三天後回來，牠把自己的腳掌啃食到骨頭清晰可見，幾乎要斷了，才趕緊帶牠去給醫生看，我因為第一時間僥倖，為了「偷」一些時間，造成後來幾個月的奔波，事後的彌補反而花更多精力，給了我很大的警惕。

　　醫生說該截肢了，我心裡有數，但希望只截掉腳掌，讓牠看起來至少是「完整」的四肢，醫師說明必須從臂膀截起，我不忍也不願接受，跟醫生討價還價起來，醫生拗不過我，讓我再去找其他醫生看看，於是我旋即開車回台中，找以前看診的獸醫，結論一樣，並建議我應該在嘉義就診，避免術後回診種種。

　　於是，我帶著小花再回到嘉義獸醫院，跟獸醫說試試看好嗎？醫生什麼話都沒說，只說明天要回診。於是開始了我每天和小花黏在一起，上山下山看診的日子，每次去看醫生，小花幾乎是整個身體扭曲、哀嚎，疼痛可見一斑，因為掙扎，完全無法在手術檯上包紮，只能蹲在地上，為了緊緊抓住牠，我右邊大腿被牠踢到青一塊紫一塊，不免想，這是在警惕我嗎？

　　第一週我問醫生是不是有希望？醫生回我：「先不要抱希望。」第二週我又問醫生是不是有希望了？醫生終於鬆口：「應該有。」第三週，我回台中一天，隔天在回嘉義路上工人傳來訊息，小花將包紮傷口咬開，一根腳趾明顯骨肉分離了，註定是要截肢，保住大肢，用小肢去換？有種說不出的意味。

　　一個月過去，奇蹟出現了，牠腳肉漸漸長出來包覆骨頭，現在是保住這隻腳了，醫藥費早已經超過截肢的費用，從此他從一文不值的流浪狗變成了有「身價」的小狗！

後記：

　　一段時間後，小花從瘦骨如柴漸漸恢復到原來強壯的體魄，也精神許多，一日，在帶牠去獸醫院行經山路途中，竟從後車斗一躍而下，在馬路上翻滾，我從後車鏡看得心驚膽顫，趕緊路邊停車，幸虧當時車多，速度慢，車子紛紛閃避，沒有造成交通事故，而我則很狼狽在馬路上抓住小花，再奮力將之抱上車，從此，我請醫生免於我再帶小花就診，改爲拿藥回去自行包紮，整整超過半年，才停止包紮。

小花

五 月

05·03 星期一
猴子

客人不相信我的膚色是在山裡務農九年多了，沒有農人的黝黑，調侃的說，我應該出一本「如何在山裡十年依然保持青春」才對，真不知是褒還貶。

經常被質疑膚色，不像是實際務農的人，應該只是出一張嘴吧？這是第一名的問題。還有，你出過國嗎？你唸過大學嗎？你會用電子郵件嗎？結論就是，我應該是皮膚黑黑的井底之蛙。

我經常做的灰頭土臉，渾身髒兮兮，攬鏡一照都不認得自己，甚至懷疑過自己的人生怎麼會在這裡？學歷、出國、與時俱進，都不重要，這些對務農沒有加分作用，如果可以，讓我徹底隱居在山林裡吧！享受山中無老虎，猴子當大王的日子。

前兩天，我把新書分享會的花絮影片給掌門人看（人物介紹寫在 9/17），他定睛一看，問，這是我？我點點頭。看完之後他用台語說「歐甘那底倒油，看不出這麼猴！」哈哈，原來我真的是猴子，不是青蛙。

05‧07 星期五
最佳女主角

這兩週拼得自己都覺得好像要角逐奧斯卡最佳女主角。

連著兩週，每週三天，到新竹林管處上課，每天不是往返嘉義，就是往返台中，長時間開車累得經常中午吃便當的時候，臉都要埋進飯裡了。

一度很猶豫是否要這麼拼，往返新竹去上這兩門課「育苗技術」與「造林撫育技術」，小花還須要每天換藥包紮，真有點走不開，但造林撫育技術實在太吸引我了，自從有一片樹林後，就覺得像在帶領軍隊，惟有精進自己，才能將所學注入林區，讓軍隊更強壯。

又覺得一棵樹的造就是從一顆種子開始，似乎有必要略為了解育苗技術，增加自己對樹的基本知識，至於小花暫時交給工人，我們倆黏夠久夠膩了，暫時分開有必要，我快去快回應該還行，想想再怎麼辛苦就這六天，終於說服自己了，去吧！

授課老師都是學界與業界翹楚，非但沒有收費，還提供免費便當，林管處積極推動林業課程可見用

心，來上課的多半是苗木、林木業者，都是老前輩，這些前輩要是知道我在沒有基礎下這麼呆瓜造林，肯定目瞪口呆，下巴要給掉下來了。

每堂課對我而言都是寶貴的，每每得到新知就覺得再怎麼辛苦都值得，真所謂不學不知道，學才知不足，獲益匪淺啊！

05・12 星期三
除夕夜

不曉得外國有沒有「除夕夜」這個名稱？

明天是印尼的過年，雖然不關咱的事，但日子不就是找個理由慶祝，大吃大喝一番嗎？工人找我在廣場升火烤肉，初夏的夜晚很涼爽，升營火，戶外晚餐別有一番氣氛，工人硬是把肉烤得黑嚕嚕，讓我想起 2019 去印尼過年，我在一休息站吃年夜飯，當地朋友幫我點了幾道特色菜，每道上來都是黑嚕嚕，連空心菜都炒得一盤黑，今晚的烤肉，想必就是要應景，就是要印尼風，就是要黑嚕嚕！

05．13 星期四
燭光晚餐

　　天色正暗，突然停電了，原本安靜的山上，更顯得寂聊，這時燭光晚餐再恰當不過，點了三根蠟燭，端了兩盤小菜、一杯啤酒，窩著桌子一角享用著，邊滑手機與外界接軌，原來停電的不只是這裡，感覺沒有被世界遺忘，那就好，常常不知是世界遺忘了我，還是我遺忘了世界？獨留我在這遺世獨立的花園裡。

　　吃飽，電也來了，好一個燭光晚餐。

05．14 星期五
成績單

　　收到「育苗與造林撫育技術」結業考成績單，育苗技術 86 分，造林技術 96 分，雖然不是什麼了不起的考試，還是滿開心，很重要的一點是，我愈來愈看得懂題目。三年前剛開始接觸林木專業時，有些考題根本連看都看不懂在寫什麼，更別說作答了；也愈來愈聽得懂得課堂上老師在講什麼，多虧這幾年不斷學習，不然哪聽得懂什麼分生苗、菌根菌、林分密度、枝條組織結構……

　　因為種太多植物，必須有基本能力解決基本問題，才會這幾年很認真學習林木相關知識，一有課程就去上，也著實幫助我在理論與實務上得到正解，別說經常被問是讀森林系嗎？自己都懷疑了！只能說，中文系出路廣。

05‧16 星期日
大西瓜與轎篙筍

　　天氣熱，來訪的友人及客人都送我西瓜，在一天內我收到兩顆半大西瓜，加上週三自己買的一顆，這週我共有三顆半大西瓜！感覺我的肚子很快要跟西瓜一樣了。

　　前天去賴老師的園子採轎篙筍，採得高興，處理就頭痛了，不諳技巧，費時不打緊，手指剝筍殼剝到要給扭曲了，最後筍殼褪下來比筍子還多，今天煮一大鍋，吃的時候又開心了！大西瓜與轎篙筍在這初夏顯得特別退火。

　　疫情擬發布三級警戒，接下來的日子，似乎只能乖乖躲在山上，於是開始著手寫第三本書，想將第十年山居生活完整記錄，作為一個里程碑，橫豎也是找一件事作為「抗疫」旅程。

05 · 18 星期二
桃子

　　跟桃子奮戰了一下午，今年桃子特別多，第一次結實累累，往年盼不到桃子吃，長幾粒就高興得不得了，每天巡視，像寶一樣，反觀今年，多到掉在地上比吃得還多，連去巡視都意興闌珊。不是不珍惜，而是不懂的照顧果樹，蟲害嚴重，每顆外觀都很美麗，粉紅色果實著實誘人，裡面卻佈滿了蟲。

　　為了不浪費這些秀色可餐的 momo，只好慢慢處理，將好的部份切下做桃醬，午後的廚房很熱很悶很安靜，悶出滿屋子熱帶水蜜桃香氣，一個人無聲地在廚房切著桃子，心想，我願意用多少去換回一個家？一個有人聲音的家。這是我經常思考的問題，有時候會猶豫要用我的全部去換一個幸福美滿的家嗎？有時候會想就用我的全部去換一個幸福美滿的家吧！我把整間桃子的照片跟問題傳給朋友，朋友問，是指用桃子去換嗎？我該對這朋友翻白眼嗎？

　　當然是指我現在擁有的「花舞山嵐」，農莊是我的全部，願不願意用我全部去換一個我渴望的家？有點考驗自己生命中孰輕孰重？思考生命歸屬從來都不是一件容易的事。當然，如果能用桃子換，我會毫不猶豫地用全部的桃子去換一個家。

05 · 19 星期三
遠離非洲

　　今天國稅局來稽查，要贈加我的賦稅，理由是「地目爲農牧用地卻沒有積極從事農業」，所以加課土地稅還有房屋稅，聽起來好像滿合理，也是應該的，但我覺得政府更應該獎勵我，過去九年我用自己的能力，在沒有金援、沒有資源情況下，將一片老檳榔林轉形成一座美麗的花園，並發心打造一片私有林，造私有林是吃力不討好的事，非但沒有辦法立即獲益，還得養它至少二十年以上，這過程從初期的種植、除草、修枝、補植，前幾年所耗費的人力支出可見一斑，時值第三年，不知往後數年還要開銷多少？二十年後產出的材還不見得回本，當然，我並不爲得利益，只是覺得政府該獎勵私有林業者，在課稅與獎勵間作一衡量。

　　2019 開始營業，那年疫情也正開始，整整一年，國人籠罩在疫情三溫暖下，生意都還沒上軌道，疫情又漫延，連帶著我的生意只有更壞，沒有好過，政府這週宣佈暫停社交聚會二週，國家公園也都休園，林間步道也暫時封閉，沒事不要外出外食，以家爲重！整個五月如時空凝結，我也早早關上大門，不知這一關何時能重啓？沒想到此時稅賦卻如鬼魅般上門討錢來了。

　　如果政府能精算我所種的樹可以固碳多少，相較於我作生意所排放的碳，那麼，反過來政府要給我錢了！

　　最近重看了「遠離非洲」，年輕時嚮往農莊生活曾看的電影，沒想到多年以後，我真過上了這樣的生活，一樣從兩人變成一人、一樣仍期待愛情、一樣借貸、一樣入不敷出、一樣種植、一樣有工人和牲口要養、一樣不談成敗只談生活、一樣繼續追尋夢想、一樣善待自己、一樣將自己的故事寫成書……很多的一樣，不知道破產的結局會不會也一樣？但我有心理準備。最後只能賣了土地，遠離非洲，從此再沒踏上非洲。我大概可以理解那樣的心境，最愛與最痛都是這片土地。

　　隨著染疫與死亡人數增加，今天中央終於宣佈，至 5 月 28 日止，全國疫情警戒至第三級了，也就是國人將暫停一切旅遊，並且不得在餐廳內用餐，再這樣下去，我很快也要「遠離非洲」了。

05・23 星期日
魚先生與花小姐

很高興自從我認識了魚先生，就有吃不完的魚，各式各樣的魚，魚先生也很高興認識了我，花小姐，因為他住在海邊，往來的朋友總是魚來魚去，遇到他不愛的魚就往我這裡游來，或誰家清魚池有些藍三的小魚也會游向這裡，花小姐就讓他帶些花回去，魚先生就用這些花去作公關，於是魚先生的魚愈來愈多，花小姐的冰箱也跟著愈來愈多魚，「魚」有榮焉的花小姐時不時也會用這些魚去作公關，換一些青菜豆腐回來。

有時魚先生也會割愛，把他覺得好吃的魚分享給我，讓我品嚐什麼叫作「鮮美」，除了魚，我最常收到的還有蛤蜊，而且是現撈大蛤蜊，粒粒飽滿，是我前所未吃過的美味，因為蛤蜊先生是他的麻吉，所以魚先生也有吃不完的蛤蜊，每次送來蛤蜊最少就是十斤，沒在一斤兩斤的啦！

沒認識魚先生前，我一年可能吃不到二十粒蛤蜊，並且是瘦蛤蜊，魚先生覺得不可思議，為什麼不買胖的？唉，怎麼說呢？貴啊！今年，我冰箱的胖蛤蜊沒斷過；魚先生自己養殖虱目魚，所以，虱目魚也沒斷過，都是又大又肥美，是我以前在菜市場買不起的個頭。曾有朋友不經意打開冰箱，大呼

我是不是有養魚，不然哪來那麼多魚？塞滿整個冰庫。

　　介紹完魚先生，接下來換介紹今天的主角，中餐是一尾超大吳郭魚，這是我有始以來煮過最大尾的吳郭魚，身長五十公分、重達五斤，光處理切片分裝就花了半小時，一整個很有成就感，感覺可以當魚販了，今晚一魚二吃，紅燒、味噌魚湯，肉質厚實Q彈，好吃！顛覆以往對吳郭魚的口感。

　　晚餐是小黑格，當我煎好了魚，跟工人說，一人兩三尾，結果，他們一人拿兩尾，都挑走大的，最後剩下兩尾小的，這些傢伙！！還好，我早已經先挑最大的兩尾起來了。

　　花小姐謝謝魚先生和他的魚唷！

魚先生與花小姐

05 · 25 星期二
長假

　　一直想放個長假，沒想老天終於給放了，今天疫情中心再度宣布全台三級警戒延至六月十四日。我不敢說，我其實很享受從上週開始的三級警戒，沒有預期的客人，不用在餐館守候，不用社交，能自在在花園裡閒逛，充份做自己和想做的事，原定兩週，現在又延長兩週，如果不是老天給假，我怎麼可能放自己一個月假呢？

　　從開業至今一年多來，我像不斷電電池一樣，每天辛勤工作，談不上假日，偶而蹓躂個一兩天還行，假日忙咖啡館生意，平日整理花園，秋冬花季時有整整四個月，很密集的勞動，剪花、收花、理花，一天工作十小時很正常；春夏時節去造林區修枝剪葉，讓樹顯得精神些，幾乎忘了假期是什麼，日子跟著花開花落又一年，錢賺得不多倒也過得去，這個月老天讓我徹底放假，不用賺錢，好好做想做的事吧！

05 · 26 星期三
記事一：飛起來

　　小史作了《山居小屋》影片，這是記錄咖啡餐館及花舞廣場的過程，記得當年花舞廣場一到下雨是一片汪洋，地上舖滿有的沒有的磚頭、木板，連拆下的門板都沒放過，我要進門就像跳格子一樣，用蹬的進去。

　　貨櫃從一開始的租地拖過來，搞到三更半夜才就定位，廣場買了一車的碎石用人力一鏟一鏟的舖……每每看這些歷史影片就覺得自己是瘋子。有一句話：「追隨自己內心的人，要麼成了瘋子，要麼成了傳奇。」

　　照往常，走到水源處巡視一下，驚覺集水桶的水溢出來了，一年來這是第一次看到水桶的水溢出來，也就是，超過一年了，我水塔的水終於滿了！連著五天的雨，果然幫了大忙。好想飛起來在天空盤旋，這是我所能想到表達喜悅的方式。

記事二：月全食

　　今晚有月全食（血月），時間落在晚餐過後，滿恰當的時間點，吃飽飯後就到院子裡去，不巧烏

雲當頭，月亮無跡可尋，夜顯得更黑了，心想，雨後螢火蟲該出來活動了，看看螢火蟲也好，便往造林區走去，果不其然，今年雨水少，前陣子螢火蟲了了可數，今兒個紛紛出籠，將草叢點綴的閃閃如星光，沒收穫到月全食也收穫了螢火蟲，依然是個美麗的夜晚。

如往常，早早上床睡了，輾轉中，從窗簾縫細透進些許亮光，宛如燈火，我起身定睛一看，這般天空哪像夜晚啊！於是搭件衣服往院子走去，月光灑滿了大地，照亮了山脈，稜線清晰可見，如銀盤月亮感覺如此近距離，雖沒見著這次月全食過程，但見著了超級月亮份外美麗，捨不得離開這份美麗，進屋拉開窗簾有請月亮一起入眠。

05 · 27 星期四
時間的魔法

因為邁入第十年了，所以已經有過去的九年可以回顧。愈來愈喜歡看過去的照片，常常都覺得不可思議，時間，像施了魔法在這塊土地上。

七年前還是一片檳榔林，今天卻變成一座花園；六年前種下一棵一年生，約 30 公分高的藍柏、絲

柏、油杉,今天已經 3-4 米高了,顏色層次分明,像軍隊般排排站好,不禁讚嘆美啊!兩年前造的林,已經有了生氣,五年後想必就有林蔭。時間總是很不經意就過了,還好在不經意前已經種下了因,才沒枉費時間流逝,經常被問是怎麼辦到的?其實不是我,是時間在意念敦促下形成,樹不會辜負時間的等待,時間很厲害,沒有什麼過不了它那關,包括我。

這提醒我,如果我還想要一棵「樹」(意指任何夢想),現在就該種下樹苗了,時間的魔法會改變得讓人意想不到。

時間的魔法

05．30 星期日
生病

　　一早天陰陰的，好久沒這般天氣，幾乎要忘了陰天的長相，不久開始下起雨，這個月倒是陸陸續續下了不少雨，尤其一到下午。

　　雨，成了我每天要記錄的例行公事。看著窗外愈下愈大的雨勢，或許是個偷懶的日子，我準備起身，驚覺我左手臂居然動彈不得，像被施了魔法似的，莫非是雨神給我點了穴道？不讓我勞動了？稍微一動，便疼痛難耐，整隻手臂只能垂放，這個節骨眼，怕去了醫院也不妥，問了谷哥，依症狀比對是「鈣化性肌腱炎」完全吻合，稍稍安心了些，以為可以坐在電腦前打打字，但手臂連彎曲都無法，間接肩頸都略顯得酸麻，橫豎是什麼事都做不了了，看來只有床上是我唯一能去的地方。

　　於是找了一齣韓劇，開始了七小時追劇不間斷，癱在床上擺爛，昏昏沉沉地看了又睡，醒了又看，跟陰天一樣，幾乎要忘了有多久沒這麼慵懶在床上，一堆零食、飲料佔據了床周邊，消炎止痛劑也擺在一旁，追劇多少能分散疼痛，但總有大於劇情的時候。

　　傍晚，天色已沉，雨漸歇，下樓為自己烹煮一頓晚餐，犒賞追劇辛勞，酒足飯飽後，有力氣了，撐起手臂，勉強打打字還行，不一會兒，又睏了。

六 月

06‧01 星期二
警戒

　　疫情的關係，已經三週沒有回台中。路上車甚少，人少。

　　突然間我變成了小孩，知道我要去台中的人都跟我千叮萬囑，千萬不要亂跑哦！哪裡都別去，知道嗎？乖乖待在家就好，沒事趕快回山上，山上好些……

　　就像兩個世界一樣，在山上感受不到都市緊張的氣氛，長時間在花園裡，忙於生活，對於新聞與

警戒

政論節目吸引力並不大，關於時事僅知皮毛，這次回台中，有感受到那麼一點點警戒氛圍，口罩與面罩讓我覺得好像在另一個星球，不僅將人的距離拉開，人也變得沒有表情與笑容了。

06·04 星期五
蒼蠅

最近被蒼蠅煩死了，猜想是隔壁農園用雞屎肥的關係，每天每餐都在跟蒼蠅大作戰，黏蠅紙再多都不夠。

有一天魚先生送魚來，因為蒼蠅飛天鑽地密不可分，他忍受不了，碎念離去，我知道魚向來都不喜歡蒼蠅，偏偏蒼蠅喜歡魚，老粘著他不放，我說，我沒有辦法讓蒼蠅不來，但是你可以不要再來了，花小姐因為蒼蠅而跟魚先生鬧翻，覺得是什麼友情，經不起蒼蠅挑撥離間？

就像小學生在課桌上劃清界線，從此魚先生不再送魚給花小姐，花小姐也不再送花給魚先生。

06．05 星期六
無所不釀

　　山居友人要下山，問要幫我帶什麼？想想只缺一把青菜，還讓人給帶來太麻煩，最近也吃了不少野菜，就繼續吃野菜吧！

　　閒著也是閒著，溜去掌門人家拔紅肉李子，有了一堆李子，就做李子酵素吧！不久，賴老師也送來她山上種的紅肉李子，在沒有預期下，李子酵素蹦蹦蹦的蹦出許多瓶；接著又有人給我一大袋茂谷柑，這個季節還有茂谷柑，想必熟得發酵，除了釀製，沒有更好的保存，反正，無所不釀就是了，每天就是切切切、洗洗洗，等我做滿各式農產品一百瓶的時候就要來擺攤。

　　今年做了不少加工品，感覺失業可以去擺路邊攤，有人問我要不要拿去總統府前擺？開什麼玩笑，全部賣完剛好來回車資，那豈不是做白工了！

06．07 星期一
晴天霹靂

　　昨日大雷雨，樹橫倒無數，今日放晴了，同時中央又宣布因疫情持續增溫，三級警戒延至月底，這跟大雷雨有什麼兩樣？一樣是繼續放假，日子還

是要過，此時，樹倒了對我而言比三級警戒重要，找來工人跟著我一一檢示傾倒的樹並且綑綁固定，這次風可眞大啊！

06·08 星期二
打架

小花自從腳受傷開始被綁以來，看憨吉每天晃來晃去，礙眼很久了，每次憨吉從牠面前經過，總是發出低鳴，挑釁意味很強，今天終於大打出手，就在小花放風時。

中午，工人將剩餘飯菜倒給狗，爲了搶食，小花和憨吉大打出手，小花緊咬著憨吉的耳朵不放，憨吉完全無招架之力，我拿起掃把打小花，用力的打，使命的打，打到掃把都斷了，小花還是緊咬不放，眞怕憨吉耳朵掉下來，牠雖然很大隻，但耳朵卻小小的，我打到沒力，換工人繼續打，小花絲毫沒有要善罷干休，憨吉受制於耳朵無法反擊，耳朵戴著「小花」一路被追殺，躲到貨櫃屋底下，小花還是沒放，咬著牠的耳朵跟著進去，繼續扭打，工人拿水管朝牠們噴水，兩隻才解散，憨吉吃了敗仗，哭著來找我秀秀，我在牠面前臭罵小花一頓，算是給了牠安慰；小花再度被我鍊著，我兇牠，牠又顯露出那還沒長大的眼神，但免不了還是挨一頓罵。

　　小花在還沒受傷被綁之前，跟憨吉是好朋友，兩隻玩在一起，偶而打打鬧鬧無傷大雅，況且都還是憨吉手下留情，小花倒地投降，不曾狗咬狗過，今日，才發現心中那隻調皮搗皮的小子，已經長大了，變成叛逆小子，會打架且兇殘。

　　小狗之於我比較像是朋友，沒有人時跟牠們說說話，有外人來時牠們會提醒我，平常我們各過各的，互不干擾，至於今天打架事件還眞是頭一遭。

06·09 星期三
串燒

　　昨天工人就嚷嚷要烤肉，卻下大雨，今天爲了烤牛肉，決定風雨無阻，下著雨，有大傘頂著，四個人窩在大傘下圍著一烤爐，主角只有 40 串牛肉跟一尾超大虱目魚，還有 3 串我指定的豆腐，工人看著牛肉串說：「外面烤牛肉 4 串 150 元、一尾烤魚 500 元。」我說：「盡量吃，今天都算姐姐的啊！」

　　工作了一下午，胃口特別好，姐姐我吃了 9 串！

06‧10 星期四
夢境

　　昨晚夢見憨吉變成一個強壯的大男生，比我還高，髮型像軍人的平頭，跟我說他要出去，但脖子跟耳朵很痛，我看了一下，紅腫一片，我拿藥給他擦，他的頭始終沒有抬起來。有趣的是，前天打架至今，我沒拿藥給牠擦，不知是我惦記著？還是牠在告訴我牠需要擦藥？

　　夢境與現實有時像鏡子，憨吉是一隻強壯的大狗，所以變成一個強壯的大男生；牠短毛，所以平頭；牠跟了我最久，九年半，總是守衛在我門前，所以是軍人；被小花狠狠的咬住耳朵，整個頭被拉扯著，所以脖子跟耳朵紅腫，一定很痛，我沒給牠上藥，所以牠來找我了；狗習慣性低著頭，連夢中變成人後，頭也沒抬起來，所以我沒有看到變成人的長像的他……

06‧11 星期五
山居生活

　　因應新書書名，結合大嫂的原創與小史討論，設計了如實的「山居生活」四個字（見封面），太有趣了，每個字都有了意義，創意無窮。

山：一個男人努力開墾之姿。

居：有男人當靠山，女人當然要優閒喝咖啡囉！

生：活動、運動、不動，趕快動起來。

活：狗、魚、雞，女人總爲牲口忙碌的像風火輪。

　　雖然距離出版還很長一段時間，但先玩玩創意讓山居生活更添樂趣。

06‧14 星期一
雙心蓮花池

　　歇業一個月了，雖沒客人，但農活依然忙碌。

　　這週是端午節連假，但疫情警戒的關係，除非必要，國人們多數遵守中央宣導，「減少人口移動，儘量不跨區，不返鄉。」門前馬路車輛，不若往常連假景象川流不息，顯得冷清許多。

　　許多人宅在家包久未曾包的粽子，紛紛在臉書秀上一串串肉粽，也算是趣事一椿，我冰箱無時不刻總有粽子，包粽子誘惑力不大，倒是突發奇想用磚塊「包」了一個雙心蓮花池，別說我想念澎湖的雙心石滬，但構想確是如此來。

　　現在正值蓮花季節，花園裡有好幾個小盆因爲空間，都只能長一株，現在有了蓮花池至少可以一次長個 10 株給我看了吧！

06・15 星期二
記事一：龜殼花

下午跟工人一起整理蘭花盆時，忽見一尾龜殼花盤踞在花藍一角，自以為有「花」便可以如此撒態，工人 A 伸手要抓，顯然他不覺得有必要驚慌，工人 B 阻止他，說被咬到會死掉，我說別吵它，牠愛當花就讓牠當花在藍子裡，繼續工作，B 又說要去拿繩子來設圈套，我則想繼續整理蘭花介質，在我們兩個人都轉身的同時，A 一把抓起蛇……並且像在玩橡皮圈似的，兩手一前一後扯著頭尾，然後緬靦笑著問我要怎麼處置？給它死？還是發配邊疆？

完全不知他是如何辦到的？一坨盤踞的毒蛇，在我們都轉身的時候，已經手到擒來，還一付沒什麼的樣子，把我們兩人嚇得退避三舍。

我說，給牠死，工人一手捏著頭，一手拿著刀筆劃著要從頸子劃一條長長的線到底，無法想像接下來的劇情，於是我又改口：發配邊疆，越遠越好……

記事二：小偷

晚餐，山居友人過生日，在前往樂野部落的路上，幾乎沒有車，這個部落我常來，覺得整個阿里

山中最美部落非這裡莫屬了，如同鄒族人是我認為最美的原住民，部落在山中一處，每次來總要繞繞巷弄，家家戶戶前少不了幾簇花團，往日美麗的街道今兒個顯得死氣沉沉，整個部落異常安靜，為什麼人煙、歡笑聲不見了，真不知到底怎麼了？昔日阿里山車水馬龍今日像一條斷掉的彩帶，光景不再，日子總是要過，就不知這樣的日子還要過多久？

我們很安靜聚餐，就怕稍為嚷嚷要引起左鄰右舍側目，偷偷的笑，偷偷的拍照，然後說好，大家都不準發文，最後，大夥悄悄地解散，偷偷地回到家後，覺得像去當了一次小偷，有趣。

06 · 18 星期五
冤家路窄

偶而放風小花，讓牠活動活動筋骨，誰知，冤家路窄，狹路相逢，憨吉跟小花又打起來，憨吉也不是省油的燈，上次牠的小耳朵幾乎被小花咬掉，足足吞了敗仗，這次快狠準，直咬小花痛腳，速戰速決，算是報仇了，小花鮮血直流，換牠該該叫躲進屋裡，憨吉一溜煙不見蹤影，小花的腳這輩子大概都不會好了。

冤家路窄

　　而我三天兩頭爲了調停牠們，拿著掃把大呼小叫，不是追打這隻就是追趕那隻，完全沒有形象可言，看來沒有狠狠修理牠們，作勢把牠們統統逐出家門不行，都以爲家裡沒大人了！

06・19 星期六
九天八夜

　　以爲是晴朗的早晨，正準備拖盤戶外早餐，不久就下雨了。

　　山居生活很多時候是在戶外，下點小雨還行，但雨下大了只能在室內做做手工，這週剛好小美同學

來，兩人做做蘿蔔糕、除愛玉子洗愛玉、炒辣死人不償命的辣椒、喝茶喝咖啡、說說阿貓阿狗，看著雨愈下愈大……東西愈吃愈多。

這回小美同學來，破了以往各路人馬「打工換宿」記錄，九天八夜。

06‧21 星期一
賣菜

從入春到九月是花園可以出葉材的季節，但今年受疫情影響，一直到今天才出了今年第一批切葉，一度很猶豫這個節骨眼到底要不要出葉材到市場？許多人因疫情三級警戒放無薪假，所有的活動與學習都暫停，買賣交易呈現低迷，雞腿便當、珍珠奶茶都快買不起了，還能買花嗎？台北花市也縮短營業時間，而我也一個月沒收入，除了葉材，也沒什麼東西好賣了，此時想想，老天對我不薄，有些樹修枝剪葉後可以賣錢，雖然可預期價格低廉，但求不要打入殘貨就好，加減是一份收入。

修枝剪葉的過程充滿意想不到，修剪是最貼近樹的時刻，從切口能聞到樹最原始味道，不同樹種所散發的氣味迥異，所有的樹都有它獨特氣息，檜木剪下第一刀那個濃郁香味就出來了；觸摸樹也能

令人意想不到，最明顯的是松樹，若不是修剪松樹，不會觸摸到松脂，不會知道松脂原來那麼黏，那個黏不輸強力膠，手洗兩天還是很黏；端詳樹，看樹型修得美不美其實是自我欣賞，欣賞自己；樹材好不好，剪定鋏經由虎口施力程度便知曉，樹材好不好跟葉材價錢沒有直接關係，畢竟賣枝葉跟賣樹是兩回事。葉材只是附加價值，一份樹木目前給我的小小心意，有點像我照顧樹，樹木給我紅包一樣，但樹說，等它長大成為有用之材，我就不用再勞心費力剪葉材賣，它可以養我哦！體貼的樹。

樹愈大所耗費心力愈多，相對回饋愈多，乘涼、美麗、淨化空氣、散發氣息、療癒身心靈，都不是金錢能衡量，樹木所給的超乎想像多，藉由賣葉材讓我更貼近樹，某種程度樹其實療癒了我孤寂的心，這或許能回答，經常有人問我為什麼能獨自生活在山裡這個問題吧！

每次整理葉材，一捆一捆，暫放地上，等候洗淨裝箱，就覺得很像等等要去市場賣菜了，說真的，真的跟賣菜很像，經常都是三把五十元，有時菜價不好，一把十元也只能認了，聊勝於無。

06．23 星期三
喝西北風

　　疫情稍稍止住擴散，三級警戒功不可沒，再度宣佈延長到七月十二日，我的長假再度延長一個月，感覺以後出門要測一下風向，如果吹東南風，當天就不要出門，因為沒「飯」吃，如果出門去，有人走在我前面，肯定請他讓讓，別擋我吃「飯」，不然要怎麼喝西北風呀？小姑娘我肚子餓了可是會心情不好唷！

喝西北風

06 · 26 星期六
曇荔湯

　　這個季節剛好曇花與荔枝相遇，感覺一起煮甜湯滿搭配，都有一種凝脂感，瑩透白淨，喝起來谷溜谷溜，又有荔枝清香，曇荔湯絕妙組合。

06 · 29 星期二
記事一：水床

　　清晨日色微明，空氣保水舒適，遠山清晰可見，在花園裡散步，突見山嵐像灑落的細雪直傾而下，一陣清風襲來，不一兒白茫茫已覆蓋樹稍，很快地山嵐又走了，雨滴直直落下，衣衫來不及溼了，走回屋子，雨停了。

　　工人的組合屋，連續的雨勢，在昨晚大雨摧殘下，終於淹水了！一早清空屋裡，將「水床」移出。屋子是去年和工人用了兩天一起組裝而成，也就圖個遮風蔽雨，沒想到，連日大雨已抵擋不住，只差沒被沖走。

記事二：聖鉛螺

　　這三年來幾乎不買貝殼了，相反的，開始捨得將收藏的貝殼當禮物送人，但今日一顆傷痕累累的貝殼吸引了我目光，一個多月沒作生意，都快喝西北風了，還是忍不住要買，一顆我選在百年後將與我同行，擁有美麗傳說的貝殼。

　　這顆貝殼我端詳了很久很久，反覆看了又看，它特別有兩道傷痕很深且長，推估在它的壯年階段，猜想是在海裡有了很大撞擊，傷口癒合得漂亮，代表它撐過來了，而從最後一大段美麗厚實的紋理得知有很長的晚年，且過得非常平順，這顆貝殼在這青黃不接的階段鼓舞了我。

　　它是－聖鉛螺。

06・30 星期三
下雨

　　六月結束了，整個六月只有三天沒下雨，沒有客人的日子，下雨是件好事，相反的，有客人卻下雨，反倒讓我焦慮，雨啊雨啊，你可懂我的心？

七 月

07 · 04 星期日
光陰似箭

種了一排班葉龍柏，以前去苗圃買植物，總是跟老闆說，這個那個長的好慢……

老闆總回我，你怎麼都覺得很慢，我都覺得長很快。

漸漸地我體會到，是時間過得很快，不出十年，龍柏會跟我一樣高壯，而那時我已經 60 了！只怕我會回去跟老闆說，這植物長得好快啊！

07 · 05 星期一
記事一：生生不息

今年謝後的櫻花種子任其飄落，經過了一季，無意間發現已是滿地櫻花苗，令人驚豔，小心翼翼拾起一些育苗，來年當可補植用，不正是生生不息嗎？

生生不息

記事二：活招牌

這麼多年來去同一家麵包店，老闆娘只跟我講過兩次話，一次是一看到我推門進去就說波蘿麵包賣完了，因為我只會買波蘿麵包和克林姆麵包，這次是看到我的小錢包，然後眼神飄向門外我的車，說：連小錢包都跟車身上的名字一樣（花舞山嵐），真漂亮。

花不起廣告費，只好把自己當活招牌囉！

07‧08 星期四
信念

　　全國疫情警戒第三級延長至 7/26，唯部份產業鬆綁，不諱言，疫情警戒給了我一直公休的藉口，比起觀光，我更喜歡農作，因為不用面對陌生人，但沒有觀光收入，農莊大概很快要熄燈了，為了不讓農莊的燈熄滅，點燈是我義無反顧的工作。

　　隨著植物愈長愈大，工作愈來愈多，但人力有限，因為資金有限，只有撐住信念才走得下去，很怕信念瓦解，一旦瓦解就玩完了，這兩個月不少朋友關心沒有收入怎麼辦？我不太想這個問題，如果執著在這個點，那麼我的信念肯定會瓦解，會如洪水般滾滾襲捲而來，最後一定撐不住信念，結果是被自己擊垮，這才是可怕的事，更何況，我早已有了「遠離非洲」的準備，不是嗎？

　　夢想，確實有它無形力量存在，如同大自然有一股無形力量，都看不見，卻都存在，若不是走進大自然裡，不會啟發我人生最後一段夢想，若不是夢想支撐，信念不會如此堅定，而我不知會流落何處？記得在人生轉折時，剛好看到一本書「正念，此

刻是一枝花」，書譯名就像是爲我而寫，告訴我，不
要懷疑，此刻的我正是一枝花，唯有正念才能堅定
不移走下去。

07 · 09 星期五
蜂毒

　　被蜂叮成了每年必打的針，上個月被打一針，
今天又被打一針，而且是同一種蜂。

蜂毒

　　上個月在杜鵑花區整理傾倒的樹苗，將一根竹竿扶正時，突然手指一陣刺痛，直覺地鬆開手，見竹竿有一個洞，一個完美圓圈圈的小洞，一個黑黑的昆蟲不時探出頭，猜想是蜂吧！但一團黑，確實是什麼，總要知道個像子，萬一有個閃失，掛急診也能說出個名堂來呀！我敲敲打打，試圖將它引出，但顯然沒奏效，索性一用力將竹竿給打扁，一隻狀似蜂的昆蟲飛出來了。

　　今天，換在山坡整理傾倒的龍柏，同樣將一根竹竿扶正時又是一陣刺痛，一見又是完美小洞，而且有兩個洞，快要可以當笛子吹了！有了上次經驗，這次就沒那麼慌張，直接上網查究竟，真有躲在竹竿裡的蜂，就叫「竹蜂」，又叫「黑翅木蜂」難怪全身黑嚕嚕，都說蜂毒好，我連續兩個月各打一針，而且純天然，效果想必更佳！

07 · 11 星期日
祝福

　　憨吉是在我接手花園同時領養的幼犬，我在山上幾年，牠就幾歲，跟著我不覺也在這山頭混了十年，有著革命情感，農莊裡的狗群中就屬牠最顧人怨，客人來叫個不停，一點風吹草動也叫，但卻最

顧我，年紀愈大愈黏我，不管我在園區哪個角落，再偏僻，都找得到我，這點真覺得不可思議；只要我從外面開車回來，不論時間多早多晚，一推紅門的聲音，牠就是老邁龍鍾地跑上來迎接，再跟著我的車一起跑回到屋前，在車門旁等候我下車，然後在我腳邊撒嬌，一付久別的樣子，曾想，這世上再沒有一個像牠一樣始終等候著我，的生命存在，今天，牠功成身退了，辛苦一輩子，深深祝福和感謝十年守護與陪伴。姐姐雙手合十對你說：

憨吉是姐姐最棒的好朋友。

07・13 星期二
鑑界

從接手這塊地以來，對於確切範圍實在說沒個準，幾年前鑑界，地政人員只針對與鄰界較受爭議的點作精準判定，至於其它就快速走一圈或筆手劃腳告知，點跟點之間非常模稜兩可，我獨立接手後更模糊了，走到今年，對這塊地有了清晰的輪廓，我想再鑑界一次，相信這次能全面清楚家園範圍。

這次鑑界，鄰界只來了一戶，依然宣示主權，就怕我忘了大門入口處有一丁點是他的地，2019年當我要對外營業時，他主動說，路讓我過，但道路

上方與他緊鄰我的檳榔林讓他收成，我答應了，雖然不明白走這條路的農戶不只我一家，為什麼只有我的作物要讓他收成？

　　曾經山裡的人跟我說：「山裡的人沒妳想的簡單。」我完全相信，當我鑿出水源時，馬上有人要來分一杯羹，因為八百年前他曾經用過這裡的水；有人在我園子裡養蜂，理由是在我買地之前就養了……完全沒有邏輯的邏輯，確實不簡單。

　　鑑界結束，我找回了兩三分地吧！這一小塊是緊鄰林班地，但卻有一小片檳榔林，並且有新的植栽，幾年前問當時來收檳榔的鄰戶，他說是跟林班地租的，當時不疑有它，也沒想過要看租約，在砍除我自己的檳榔林時，曾請他來確認邊界，他倒客氣，說不用啦！也就是個大概。於是伐檳榔的人便將新植栽的檳榔區域留下，一直到今天才知道這人空口說白話，根本沒租林班地一事，居然能佔別人便宜十年，我打電話給他，跟他確認鑑界後，那塊地是我的，問他檳榔要收到何時？正常人會不好意思說些客套話，並沒有，完全不害臊，只說隨我意，無恥也不過如此，再怎麼純樸的地方也會藏污納垢。

　　花了一萬八找回兩三分地，也算值得，把這一小片檳榔伐除，視野將更寬了。

07・14 星期三
與未來吃飯

連著幾週回台中，都去跟媽媽吃晚餐，今天，覺得好像要去跟我的未來吃飯，平常，多數時候我都是自己一個人吃飯，農莊裡連同工人也只有三個人，但工人一桌，我一桌；而我的媽媽多數時候也都是自己一個人倚著飯桌吃飯，因爲她用餐時間早，家裡孩子跟不上。

看著媽媽自己吃飯就像看我自己吃飯，一個人用餐安靜簡單，不用張羅東張羅西，今日跟媽媽同桌，媽媽有自己的菜，兩道，不變的蒸、燙料理，不鹽不油；我也帶了自己的菜，也是兩道，又香又鹹，我們各吃各的，偶而聊個兩句，好吃不好吃之類的，我一樣邊滑手機，媽媽則細嚼慢嚥，動作顯得緩慢，突然感覺我在跟我的未來吃飯，口味變得清淡，爲了不燙口，等菜涼了再吃，有個外勞料理三餐，打理起居，最好的朋友變成電視，這是三十年後的我嗎？

希望三十年後的我也能跟媽媽一樣，安於孤單，生活平安。

註：父親在我七歲那年往生，是年媽媽三十五歲，轉眼已八十。

07 · 16 星期五
慶生

　　因爲疫情的關係，朋友往來少了，這週是專科老師和老同學生日，往年多半是來台中或嘉義我這兒聚會，大夥待上一夜，好能亂七八糟的酒胡亂喝一通；今天，順應大夥都在北部，就我一人移動，並遵守室內不超過五人群聚規定，有了一次小小相聚。

　　老師 7/14 生日，老同學 7/15 生日，小酒喝了些後，老師說，馬小九 7/13 生日，我說，那明年咱們找他一起來慶生，老師說：「那可不，我跟他不同掛。」我說：「別鬧小孩脾氣，二個人慶生節省蛋糕。」老師說：「他來我就不來。」同學說：「人多熱鬧，好歹人家當過總統，就一起吧！」爲了馬小九明年來不來一起過生日，我們五人吵了一會兒，夠逗了，到底誰有他的電話呀！？

07 · 17 星期六
中年大叔

　　三位中年大叔買了新帳篷、新裝備，第一次露營，帳篷一搭好就下起大雨，聽說是開新帳魔咒！？不久前一位新手露友，才把帳打開，就下雨了，或許是吧！

　　雨勢一付沒有要停的樣子，眼看就要準備晚餐了，他們沒有炊事帳，就一隻沙灘傘放在一張小野餐桌上，光憑那隻沙攤傘下要料理晚餐，大概只能煮雨湯了，大叔們依偎傘下，在大雨中喝著啤酒，愜意滿分，應該要有啤酒商找他們拍廣告才是，連我都想坐下來喝瓶啤酒了，我請他們移動到花房前的屋簷下野炊，但眼前似乎沒有比啤酒更讓人消魂的事。

　　我說第一次有三位大叔一起來露營，話才說完，傳來哀怨眼神「大叔、大叔，我們是大叔了？不能叫大哥就好嗎？」他應該去當演員，唱作俱佳，為了安慰大叔受傷的心靈，只好把自己也搭上，唉唷，我們同年代的，我不都大嬸了嗎？！

中年大叔

中年大叔說，這是他們三劍客以後要過的休閒生活，瞧，東西都準備妥當了，今日初體驗，果然有趣。過了中年還能有三劍客情誼令人羨慕。

中年大叔叫起來挺順口的呀，但若有人叫我大嬸，我恐怕也要崩潰了！

07・19 星期一
有限中的無限

造林區樹種很多，其中，柚木是我覺得很可愛的樹，會想去看看它，摸摸它的葉子，柚木的葉子是我看過闊葉樹裡葉子最大，粗糙的葉面是一層粗毛，很像磨砂紙，能阻隔雨水，筆挺的樹形一付不屈不撓，兩年前在嘉義植物園第一次看到成樹的柚木，大葉子就掛在胖胖的樹幹上，很少有大樹沒什麼分枝幹，就是直挺挺，完全是小樹放大版，當下覺得長相呆呆，很大的喬木，卻想用「可愛」來形容它。

過去這週幾乎每天都跟工人在造林區奮鬥，樹愈大工作愈多，但能做的有限，太多的有限，時間、體力、人力、金錢……，每天在有限中發揮無限精

神，我思考，是未來引領我？還是我創造未來？我想是前者吧，未來引領我！這條路若不是未來那股強大力量引領，走不到。因為怎麼想，憑我一已之力根本不可能創造出一片森林。

07·20 星期二
山景第一排

很久沒在戶外用早餐了，今早天氣涼爽，適合坐在院子裡聽蟲鳴鳥叫。

以前這裡沒有鳥，沒有蝴蝶，沒有花香，漸漸地有了生態；樹也越長越高，遮住了山景第一排，常有人建議我樹應該移走些，讓視野更開闊，但我覺得應該移動的是屁股，每個人來這裡的時間都不長，最長的是我，而我況且也不過再十來年，為了山景第一排空了一大塊地不種樹，大地肯定想，為什麼樹不能看山景第一排，樹才是這片土地的老大，我的初心從來沒有變過，讓這裡成林，雖然有時二心會說，你看，夜景也被切一半了，初心總能適時提醒它，老大只有一個，莫忘初衷，是，山景第一排永遠是樹的。

想像不久將來，初心會住在自己的森林裡，而山景就在森林裡。

07‧27 星期二
錯過

習慣了山上溫度，再怎麼熱都不致於流手汗，一回台中，手汗就發作，整天手汗沒止過，溼溼粘粘，非常不舒服，晚上也是熱到輾轉難眠，睡夢中經常不知身在何處，彷彿身體會記憶，但它曾經是最熟悉的地方呀！

今天在停車場看到苦楝樹的種子，才驚覺今年錯過了苦楝開花的季節，轉眼竟已結種子，台中家附近有一排很美的苦楝樹，三月，淺紫色小花開時，經過便能聞到淡淡清香，有我記憶中的味道，想必記憶正漸漸褪去，要不然又怎麼會錯過呢？

這幾天從我住的二樓房間露台，能遠遠看到花園裡野薑花正盛開，也驚覺，正在錯過中，往年等著它開，一見含苞即刻奔去剪下，進屋等候綻放，就怕錯過了它的香氣，錯過了記憶中的味道，如今，看著整區的野薑花正怒放，連走近嗅一嗅的動力都沒有；唯一沒錯過是的是飄在空氣中的檳榔花香，因為它在大自然空氣裡。

　　回台中家，往往不到二十四小時便離開，時間愈來愈不讓我風花雪月，想必風花雪月已成自然，而我，始終在自然裡，如同檳榔花香，錯過時間，卻從沒錯過大自然。

　　中央流行疫情中心宣布今日起降為二級警戒，不管是二級還是三級，甚至解除，對我來講是一樣的，往農莊的路（嘉130鄉道）因埋設自來水管線，從7/5-10/8將封閉；開心的是終於要去渡假了，與同學們相約週五花蓮集合，不見不散。

07・29 星期四
熱情隨傳隨到

　　早上去樂野村參加山居友人「聚落創生啟動儀式」（公司開幕典禮），從定居山林後，結識一群山居友人，活動就沒少過，別開生面的儀式，有原民部落特色，比較有趣的一點是，會場另一邊正烤著香腸，香噴噴，除了部落的開幕儀式理所當然邊烤香腸外，大概沒有哪裡的開幕儀式能在會後還有現烤香腸吃這等福利吧！

　　山居友人豐富了我的生活，當然我的熱情也沒少過，隨傳隨到！

07 · 30 星期五
花蓮見

　　好久沒出城了，與同學相約花蓮瑞穗見，我跟小史說，我要去花蓮渡假了，你也帶全家來這裡渡假吧！順道幫我招呼一對連續來了十三週的夫妻。

　　就這樣，我準備開車長征花蓮，離開花園四天，從開業來這是離開最久的一次，雖然開車對我而言是家常便飯，但想到要一口氣開這麼遠的路一度讓我很猶豫，最終還是被開車的便利性打敗。中午起程下著不小的雨，傍晚一進入花蓮就沒雨了，像是為我們啟動渡假模式，太棒了！

　　說倒底，若不是疫情導致沒有客人，以目前慘淡經營狀況，我是不可能出去渡假。因為沒有客人我能放心出走，我的心境也理所當然放鬆，疫情與封路雙重因素儼然是壓力測試，過不過得了這關，不知道，有時，我希望過不了，那我就有理由離開這裡，離開這個讓我奮不顧身的地方；有時，我希望一轉眼十年過去，那代表我撐過了，終於可以離開這裡。十年，是我給自己的期限，能過得了十年，代表最艱困的階段已過，能在花園最美麗的時候交棒給下一位管理者，不管前者還是後者，結論都是

「可以離開這裡了。」可見我的潛意識想離開這裡，但因爲相信未來引領我，所以離不離開這裡變得不是我能決定。

　　大部份人都以爲我捨不得離開這裡，捨不得賣掉這裡，其實不是，我只是沒有地方可以去，問我爲什麼不回台中？反問一句，回台中做什麼？我總開玩笑，行李都準備好了，哪天白馬王子出現，半夜提燈籠照路我都毫不遲疑。說正經，對我而言，山上還有我存在價值，生命意義，除非未來引領我的終點不是這裡，那麼，很自然地會在該離去的時候離去，一切就交給時間定奪。

八 月

08．02 星期一
輕旅行

來花蓮四天都好天氣，偶有氤氳便是，與嘉義四天大雨剛好錯身了。

整整三年沒到花蓮，三年前也是此時去參加阿美族豐年祭，今年疫情關係，豐年祭取消，也因為疫情的關係，我的農莊沒客人來，讓我又有機會能到台灣後花園逛逛。

到池上見了何大哥，何大哥七年前曾在農莊待過一陣子，知名大學畢業但拒領畢業證書，博學多聞，精通易經，寫得一手好字，好文筆，現在幾乎隱居在山林裡，從一片荒煙漫草開始劈出居住範圍，自己搭建土角厝、沒有抽水馬桶的廁所、燒材的土窯，更別說桌椅等等，接屋簷露水當生活用水，一顆燈泡，沒有左鄰右舍，全然獨居的山居生活，一簞食一瓢飲，生活極簡到令人不可思議，在大自然中專研自己熟知的領域，不主動與他人往來，只緣在山林裡，我自己也過著山居生活，知道箇中滋味，絕對不是用「愜意」可以形容，尤其何大哥過的是更出世的山居。

　　我偶而寫寫信給他，三年前來瑞穗也去看望他，聽他說著我完全聽不懂的話；這次來得臨時，沒聯絡上他便冒昧上門，靠著他留在網路上ＧＰＳ定位點，一群人在山路上繞來繞去好幾回，費了一番功夫才找到，我爲自己的冒昧感到不好意思，他仍不失赤子之心，呵呵笑著說「這樣好、這樣好，不期而遇好」，要說何大哥是奇人一點都不爲過，但我始終覺得何大哥只是時不我與，由衷欽佩他對生活的無欲，對生命的純粹，了不起的人。

　　到玉里見了台灣最資深檳榔西施，八十四歲仍在職，是我好同學的媽媽，已在部落深耕三十年，每日清晨五點半就上工，日復一日，做著同樣的事，洗荖葉、洗檳榔、包檳榔，一直到晚上十點關店，小小的位子卻是大半輩子生活所在，我們一群人笨手笨腳體驗包檳榔的工序是好玩，但對於經手檳榔早已超過上萬粒的媽媽而言，豈是「好玩」能形容？那是生活的一部份，你讓她「退休」了吧！她問你，那要做什麼？包檳榔已經是日常，無關乎退休，而是存在的價值，生命的產值，服務部落的精神，哪怕已是八十四高齡，手腳不再俐落，仍堅守崗位，一粒一粒慢慢包，三不五時試檳榔口味對不對，半點不馬虎，相信是祖靈賦與讓老邁的生命精神不滅，令人尊敬。

　　每回去同學家，總見媽媽坐在位子上專注包著檳榔，淺淺的笑，不太說話，一輩子能安於一件事不容易，由衷欽佩同學媽媽對生活的韌性，對生命的純粹，同樣是了不起的人。

　　有時，當生活失去動力時，看生命，用生命鼓舞生命，讓生命再重新啟動不失為一種方法，何大哥是，同學媽媽亦是，能用生命去激勵他人生命。

　　美食在旅途中是不可或缺，尤其四個女人，吃，成了旅途中極其重要一件事，為了吃，可以開很遠的車，可以排隊等候很久，可以大包小包，可以宅配，以為在國外，就怕買不到了，拼命買，但最美味的是同學嫂嫂料理拿手好菜：現打蝸牛，聽說這道是阿美族特色料理，果然，餐桌上的菜，這道最被小朋友青睞，很快便一掃而空；溪蝦，同學說，見這道菜上桌就知道座上有嘉賓，因為抓溪蝦的時間有特定，不容易，而且要上這道菜還得問大哥可不可哦！這可是他的私房菜；金朵耳筍，第一次吃到，野生筍子，瘦瘦小小枝，看同學大哥大嫂熟練地一指撈著筍尾拽一圈即將筍殼退下，嫂嫂特別說，煮這道料理不能放薑、蔥，只能放蒜頭、辣椒，熄火前嗆醬油才能壓住筍子苦味，果真美味！最後一道是純酒煮沸即熄火的燒酒雞蝦，深度挑逗味蕾，醉了。

正當我們準備離去，幫忙收拾碗筷，才將碗疊好，大哥說：「不行，這樣是趕客人的含意，我們還沒有要送客，歡迎你們繼續留下。」大哥見外了。現在到朋友家吃飯，已經習慣「好聚好散」一起吃飯一起善後一起休息，才能長長久久。

花東縱谷百看不厭，怎麼看怎麼美麗，山巒低矮，層次依稀可見，雲帶總在山腰間，跟著我們視線一路尾隨，空曠田野新秧苗一片脆綠，收服了一群旅人的心；行駛在美麗的 193 鄉道，一段一段不同樹種行道樹形成了特色綠廊，時值佈秧，插秧人正彎腰與水田青苗相映，映入眼簾成了一幅畫，各自放入行囊，作為這趟旅行的紀念品。

08・04 星期三
打針

下午與賴老師相約同行打疫苗，終於輪到我們。因為看太多副作用訊息，賴老師出發前先備妥幾天糧食及藥品，就怕萬一得躺上幾天，而我，比較少聽聞打疫苗副作用訊息，相對少了心理因素，反而什麼都沒準備，連大家口中最基本的「普拿疼」一粒也沒有。

感覺是坐下、站起來的事，就不知副作用何時
會找上門了？

08‧05 星期四
坍方

下午兩點左右，山居友人傳來農莊前這條嘉
130 鄉道，6 k 處在一點左右坍方訊息，讓我不要往
上到樂野去，我頓了一下，有可能嗎？我位於 4.3-
4.5 k，就住在馬路邊，出入不是往上就是往下，這
條鄉道大概是全台灣我最熟悉的路，全長就十公里，
住在路邊的戶數不超過十戶。

回想早上，一早醒來就想著今天一定要到樂野，
週一從台東帶回來的釋迦已經開始軟了，讓我轉送
禮的人開玩笑，再不送去要發芽了，直接種到花園
裡，幾年後大家來吃就有囉！特選的釋迦怎麼能讓
它發芽呢？吃完早餐，想著要現在去，還是晚一點？
猶豫好一會兒，八點多，還是現在去吧！十點左右
回程，又經過這路段，好端端的，我懷疑訊息真偽？
此時另一朋友也傳來相同相片，因為是同一張照片，
反而讓我產生質疑，會不會是那種流言滿天飛的訊
息？我太好奇了，急於知道事實，於是，騎上機車
去確認，萬一是真的，機車比較好調頭，若不是真

的，機車也一樣比較好調頭。

　　是真的，巨大的石頭，像山一樣的土石堆滿在路上，完全看不到前方，邊坡整個滑落，那種感覺是意外離我很近，不只時間近，距離也很近。

坍方

08·06 星期五
記事一：風狂

　　昨夜裡狂風大作，屋頂帆布被吹得拍拍拍，像是一直有人急促敲打我屋頂，樹群也被吹得颯颯作響，更別說雨聲，嘩啦嘩啦沒停過，咻咻的風聲像快馬加鞭襲捲而來，想像外面桌子、椅子、陽傘正在空中飛舞，感覺我房子應該是下一個會被風吹走，只能在內心祈求上蒼厚愛，大地垂憐，讓園區植物一切安好，山坡穩住。

　　一早起來果真亂七八糟，還好屋頂沒被掀走，帆布倒是被吹走大半，捲成了一球。

　　今天間歇性亦是狂風大作的一天，見雨停了，想出去收拾殘局，不一會兒又下起雨，不一會兒又刮起大風，就這樣雨下下停停，風來來去去，樹跟著搖頭晃腦，我也是。

記事二：鶼鰈情深

　　有對夫妻，先生 80、太太 70，前題是完全看不出他們的年齡，太太各方面保養得宜，充滿笑容，顯得開朗，先生也不顯老態，喜愛看書，用溫文儒雅形容一點都不為過，兩人共同點都是很客氣，給人舒服感覺，我稱呼他們「大哥、姐姐」，連續 13 週，

沒有間斷過，每週末都從高雄開車來住三天兩夜，也就是每個月幾乎有半個月都在花舞山嵐裡。他們佩服我守在這裡的毅力，我反而欽佩他們風雨無阻的精神。

五月下旬開始，每個週末都下雨，大大小小的雨，到處濕答答，停車場總是泥濘，加上山坡地勢，進出其實很不方便，沒有相當熱愛山林，大概很難做到這樣風雨無阻週週來，而且是同一個地方。有一次週末前發佈颱風警報，當晚風雨大作，雷聲震耳欲聾，特別嚇人，這樣的天氣來這裡只能關在房間裡，於是問，是不是不要來了？先生跟太太說，我都可以住在這裡了，為什麼不要來？況且雨勢漸歇。

有兩個週末，兒子來這裡看父母，農莊儼然成了他們第二個家，兒子第二次來跟我說，他問父母這裡有什麼好玩？可以連續來這麼多週？其實我也很好奇，迫不及待想知道答案是什麼？父親回答他：「這裡很好啊！」就這麼一句話。

我的客房稱不上好，就貨櫃鐵皮屋，立夏過後，隨著日頭漸漸昇起，裡面熱的不得了，像個大烤箱，大哥拎著行李第一次來住那天，時值中午，日正當中，一進屋，第一句話便是：「冷氣是不是先打開？」我靦腆笑了笑：「沒有冷氣耶！就一把風扇。」

　　之前他們經常來跟我買花，與其說是客人，不如說更像朋友，每次來總是大包小包拎來許多好吃的東西給我，而我能回饋的只有認真烹煮，變換菜色，雖然已經黔驢技窮，但反而給了我更多學習料理機會，不覺中，自己都覺得手藝變好，最得意莫過於每次用餐，姐姐總是說：「太好吃了。」有時，大哥覺得某道菜特別合胃口，姐姐就會問我怎麼料理？她回去也要做，幾次後，大哥說，不用每道都學啦！來這裡吃就好了，我連忙說：「是是，來這裡吃就好了。」彼此相濡以沫，表露伉儷情深，令我心生羨慕，就這樣每週為他們準備早晚餐。第十二週在做料理時，想想，居然已經連續做了十二週，時間怎麼這麼不經意啊！第十三週，我都想出去玩了，他們仍然來這裡，蟬聯十三週衛冕者寶座，我想這紀錄應該是無人能及。

　　因為疫情關係，農莊一直處於公休狀態，有兩個多月時間農莊只有他們倆來，那種感覺更像是來看看我有沒有好好的。姐姐說，大哥很愛大自然，而她是跟著他愛上大自然，以前週末沒事就是朋友找打牌，慢慢地年紀增長，坐不久，開始走向戶外，阿里山很常來，但經常當天往返，現在能在花舞山嵐中住下，更接近大自然了，夫妻倆待在這兒就是逛逛花園，這個花園角落他們肯定比我熟稔，我偷

偷種了什麼植物，他們一來就發現，在他們身上我看到「鶼鰈情深」，是花園裡最美的一幅畫，但我想，除了愛山林，有很大的一點應該是用行動支持與鼓勵我吧！堅持下去，繼續守護這片山林。

這週又發佈颱風警報，全台雷雨加交，山路多處落石，夫婦倆考量後這週就不上山了，我為這個決定感到安心，小心駛得萬年船。

08．07 星期六
交響樂

昨夜比前夜還精彩，除了狂風大作外，再加上雷電加交，睡夢中被雷聲驚醒，接下來在半夢半醒中，閃電不時從窗簾縫細鑽入，彷彿是霓紅燈閃閃爍爍，加上雷聲、雨聲、風聲，感覺外面正在上演交響樂，好不熱鬧，而屋子裡一片漆黑，停電了。

下午趁著雨勢稍歇，跑到市區賴老師家包水餃順道採買些糧食，道路比我想像中的好，沒有落石也沒有積水，就是邊坡多處水流形成小小瀑布，一到市區是好天氣，偷得了幾小時好時光。

　　賴老師問我，跟誰學包水餃？對於包水餃很自然，感覺打從娘胎就會的事，我回想著，賴老師說「跟媽媽？」我立刻說不是，小一父親便辭世，母親就忙著賺錢養家活口，手足開始分攤家務工作，包括料理三餐，記憶中很少吃到媽媽煮的飯菜，更別說包水餃，實在想不起來是跟著誰學包水餃，應該是嫂嫂，還是姐姐？

　　我們聊起關於「副作用」的事，已經第四天了，顯然都沒有發生在我們身上。至於酸痛？每年總要被蜜蜂叮，都還比這痛，而且腫得跟麵龜一樣，蚊子叮也比打疫苗有感，後來傳聞，我們打的疫苗第一劑較無感，有感會在第二劑，兩個月後見真章囉！

交響樂

08‧08 星期日
立秋

　　雨勢較緩了，在花園裡散散步，每當獨自在花園裡散步時就會想到古代大戶人家，有水池、有步道、有奇花異草，還有美麗景致，沒有外人，只有這時候覺得自己很像千金小姐，其餘時候根本是女僕。

　　狂風後吹落不少樹葉，遍地葉子，但見櫻花樹葉黃了，莫非要入秋？這幾年住在山上，看著植物變化，日照長短，以及體感溫度，可以稍稍感受到節氣在更迭，我想，中海拔就是這麼可愛，四季分明，與平地或高海拔有所不同。

　　跟著節氣一季一季地過，此時立秋，代表花苞已經蓄勢待發，到了立冬，將開始收成，直到立春，花季就告一段落，然後一年又過去了……

08・09 星期一
杜鵑步道

　　總算是撥雲見日了，承蒙大地垂憐，沒有太大災損。

　　疫情讓我窩居了近三個月，給足了不運動又能貪吃的好理由，2018 年開始跑步起，這次間隔最久，四個多月，年初間隔一個月那時已經覺得懶散，這次完全不敢算還要自我放棄多久？感覺這才是正常的我。回想 2018 年我跑步動力來源，那種動力不像來自我，到現在都覺得不可思議。

　　不再出去跑步的原因是要戴口罩，口罩讓我無法大口呼吸，必須承認，前面兩年的運動對我幫助很大，不管是生理、心理還是體能，它帶我走過一段崎嶇不平的路，不應該斷在我仍需體力活的階段上，想想，就在花園慢跑吧！不用戴口罩，又有上千棵樹環繞在我周圍，及千萬美景，何必捨近求遠？於是挖出步鞋，戴上久違的運動錶，就在杜鵑步道來回跑，猶記得 2020 年杜鵑步道幾乎是從我的意念中生出來，亦是不可思議的願力過程。才九十公尺長，竟也來來回回跑上五公里，相隔四個多月再

跑步，讓我回想 2018 年跑步的第一天，感覺要死掉了，身體很重；跑步的同時，腦筋又開始活絡，這正是我要的，運動完，心情特別輕鬆，大吃大喝也不會有罪惡感，而杜鵑步道始料未及竟成了我的跑道。

08・11 星期三
停電

下午五點，停電了。這是最討厭的停電時間，時間還早，但很快就天黑，卻什麼事都不能做，手機沒電尚且能去車上充電，筆電就沒辦法了，而筆電卻是我還能打發點時間的工具，唯一能做的是泡澡，在電熱爐水冷卻前善加利用，泡澡是山居生活中令人享受的事，點上蠟燭依然沐浴其中，更添愜意。

山居生活看似美麗，但仍有許多不便利性需要接納，像昨天回台中家睡覺，第一個感覺是：好乾爽。從六月份開始下雨至今，每天溼答答，溼氣居高不下，衣服怎麼也曬不乾、鞋子始終像「水鞋」、三不五時就停電、工人的屋子偶而要淹水，大家只能各憑本事過日常，眼見一小時後手機、筆電要相繼沒電，接下來只能乖乖睡覺，可我頭髮還溼答答吶！

山居生活看似克難，但不可否認，因此把我訓練得勇敢又堅強，沒有因為黑暗而恐懼或焦慮，能安於一個人無聲無息，連自己都覺得怎麼有辦法生活這些年呢？

08·12 星期四
睡美人

下午去樂野村體驗美體按摩，在這樣涼爽午後，濛濛細雨輕輕飄落，小小村落裡，躺在美麗的慕葛娜納民宿，整整三個小時，我像睡美人，任輕指滑過肌膚，享受中海拔寧靜時刻，是天上人間嗎？真想就這麼一直躺著，期望也真能如睡美人般醒來。

在這美麗的村落裡能有一家美容沙龍，是多麼令人開心的事啊！想像以後每個月都要來當睡美人，頓時覺得精神了不少。

08·13 星期五
情人節大餐

與山居友人共組一個群組「吃飯囉！」這個群組沒有第二件事，唯一重要的事就是聯絡吃飯，幾乎一至二個月會一起吃頓飯，就是找個理由吃飯而已，生日一定避免不了，當月壽星集合同慶，然後說說

阿貓阿狗五四三，談談山頭新鮮事，聊聊大夥近況，酒足飯飽後解散。

這個月就選在七夕情人節前一天慶生，十來人在樂野最美麗的慕噶納娜民宿餐聚，既慶生也一起過情人節，單身以來，「情人節」這個日子根本沒在行事曆上，難得又過上情人節，跟大夥瞎攪和過什麼節都開心，不小心喝多了，回家倒頭就睡，睡夢中彷彿還聽到大夥歡笑聲。

08．16 星期一
與有榮焉

「鶼鰈情深」（見 8/6，記事二）夫婦來這裡，總會去附近咖啡館喝咖啡，跟店老闆也像朋友一般，這次，老闆帶他們去朋友那裡串門子，那戶人家聽聞他們住我這裡，對我讚譽有加，夫婦聽了很高興，覺得住這裡與有榮焉，我聽到這句話更高興，套句商場上的話「客戶的滿意是企業的動力。」但我更因為他們的「與有榮焉」而深感「與有榮焉」。

對於經常住星級飯店的夫婦而言，關於住，我這裡太微不足道了，他們卻接連來了十四週，來的季節，風風雨雨，莫不是我的榮幸，能讓一對上了年紀的夫婦對我這般愛護嗎？

08．19 星期四

記事一：撐

　　早上，賴老師傳來一篇文章〈撐〉，會用到這個字眼，代表有所壓力，某種程度，我們都在撐某些事，不正是我們這個年齡層所面臨的嗎？

　　而我無非就是撐起這座花園，希望能撐出一片天，倘若頂不住了，那麼就「遠離非洲」，回到都市，回到都市叢林，只需撐傘。

記事二：消失

　　下午跟著賴老師進錄音室錄製「消失」，「消失」是我寫的詞，賴老師譜的曲。這首歌的形成，說來有趣，2020 年 11 月初，賴老師找我到她的林子晚餐，就我們兩人，那時天氣涼了，都說悲秋傷春，或許，我們吃著晚餐，說著過往，吃著說著，我寫下「當你一無所有的時候，眼裡有我，現在，你什麼都有了，就是眼裡沒了我。」她看了好一會兒，說，我們來完成這首歌，我把詞完善，曲她來譜，還鬧著該取什麼歌名？竟異口同聲說「消失」。當晚，她就我寫的兩句作了試唱帶，傳給我，沒想到賴老師來真的，因為我們倆經常說說罷了，不算數也無所謂，誰在乎？於是隔天我很認真把歌詞寫好給她，

其實我寫的是一首詩，我根本不知道歌詞形式，但老薑就是辣，她很快抽絲剝繭，變成一首歌的形態，完全到位，又不失詩的精神。

就這樣，賴老師完成了我們共同創作的歌曲。

今年六月，她傳了一份音樂比賽的文宣給我看，我直覺想到我們歌，要不用這首歌參賽，反正現成的一首歌，就試試吧！哪怕得了五百元，咱們都可以去打打牙祭，可賴老師覺得，這樣太粗糙了，要進錄音室錄製才能呈現歌曲本質的美麗，這時，才知道，一首歌的完整性所需耗費時間、精力、金錢，超乎想像，以後我再也不會問賴老師，爲什麼不錄製自己的作品了，要完成一首歌的美麗，相對要求是要付出代價，不是像唱卡拉 ok 那樣跟著節拍唱五分鐘就能搞定。

很棒的初體驗，見識一首歌如何完成，憑賴老師天籟之音，光聽她清唱就很享受，但有了旋律，再搭配編曲，太動人了！除了感動，就是感謝，把我的詞唱的這麼美，曲譜得這麼動人，爲我們的半百留下一抹回味，中間過程，她唱到幾乎要哽咽，坐在後面的我聽得如痴如醉啊！

〈消失〉 曲/賴品真 詞/陳似蓮
　當你一無所有的時候
　眼裡有我 眼裡有我。
　現在你什麼都有了
　眼裡沒有我 沒有我。

　愛情
　讓我們無畏無懼
　勇往直前 勇往直前。
　現在你什麼都有了
　愛情卻把你拉走
　沒有拉我。

　過去
　牽著我的你的手是堅定的
　種下一棵棵樹。
　過去
　牽著你的我的手 滋生愛苗 那麼美妙
　幸福環繞。

　當你一無所有的時候
　眼裡有我 眼裡有我。
　現在你卻走遠
　讓我在你的眼裡消失 消失
　而你也消失在我面前。

詩〈消失〉

當你一無所有的時候
眼裡有我。
現在你什麼都有了
眼裡沒有我。

愛情
讓我們無畏無懼
勇往直前。
牽著我的你的手
是堅定的
種下一棵棵樹
滋生愛苗。

現在你什麼都有了
再一個愛情
把你拉走
獨留我。

牽著你的我的手
是堅定的
那麼美妙
幸福環繞。

當我們擁有了許多
你卻漸漸走遠
終於
我消失在你眼裡
你消失在我面前。

後記 歌曲有參賽，可惜沒有入選。

08 · 22 星期日
記事一：櫻花區

　　好些天沒去林子轉轉了，中午見天氣涼爽，到櫻花區活動活動筋骨，櫻花區是一塊邊坡造林區，很陡，兩年多前種下幾百株各式櫻花樹苗，轉眼，櫻花樹長大不少，枝幹強壯許多，唯稼接苗關係，加上櫻花樹易生分枝幹特性，多數已有 2-3 主幹，有些已分辨不出稼接苗還是原生砧木生成的主幹，而有些分枝幹已強勢過稼接苗，在修剪上為了只留單一主幹因而耗時費力，要隨身攜帶剪定鋏、手鋸，這一爬竟四個小時卻只修剪了部份，已精疲力竭，灰頭土臉到不成人形。

　　正在櫻花區工作，渾身泥土，接到客人詢問電話，問為什麼我的露營區比普遍貴 200 元？有什麼地方比別人好？我認真想了想，苦笑回答：真沒有，沒有遮雨棚、沒有水泥地、木棧板、沒有美麗的草坪，嚴格說起來，場地也不大，若下雨還會踩到爛泥巴……話說到這裡，我心裡的下一句是：就現在我站在陡坡上為這些樹奮不顧身吧！曾經一位露友說：他覺得我是全台最棒營主，都入不敷出了，還造林，培育一片私有林是吃力不討好的事（在 5/19

有陳述關於私有林現況，在此不再贅述）。有時，不太能思考對價關係，我的露營區一直是被多數露友嫌棄，嫌到自己都懷疑在堅持什麼？很多批評指教，漸漸地倒也接受事實，好像在接受不完美的自己一樣，我想，依我現在能力，人生帶不走的設施都不做，只做能滋養這片土地的情事，感情 200 元是我的照妖鏡來著。

記事二：農曆七月

難得媽媽偕同姨媽從週四來住上幾晚，每天帶兩個媽媽吃喝玩樂很開心，尤其很久沒跟媽媽一起過上幾天，今晚玩撲克牌「撿紅點」，阿姨坐在媽媽旁邊，因為順序關係，只有媽媽輸了發牌，阿姨才能當尾家，阿姨連輸了幾場，苦無機會當尾家，便嚷嚷著媽媽輸一下，讓她當尾家，再掀個 A 壓牌，就能翻身了，這局結束，媽媽真輸了，阿姨掀壓牌，真是 A ，哇！大家一陣嘩然，覺得太不可思議的巧合，正值農曆七月啊！

08 · 25 星期三
記事一：流浪狗

十年來陸陸縱續養了不少流浪狗，通常都是結紮過帶回來，兩年前收養被丟在門口的小狗－小花，那時牠兩個月左右，我難得沒事走到大門，發現過路人眼光飄向路邊護欄，我再往上走，朝路人瞧去方向，是一隻小小狗，乖乖坐在路邊動也不動，一付楚楚可憐，於是把牠帶了下來餵養，誰知長大後變得很「給小」，這一年來惹了不少事，自己也受罪不少；另一隻－小舞，則是長期被圈養在籠子裡，友人問我能否再養？把牠帶回來後，放開牠在花園裡自在，從此牠像花園裡的流浪狗，只有吃東西時出現，其餘時間也不知躲哪去？今年，牠開始會認我了，能陪著我一起工作，也會親近常來的朋友，終於不再搞自閉，兩隻都還沒有結紮。

這是我第一次帶小狗結紮，真快，15 分鐘搞定兩隻，麻醉後的小狗完全變了個樣，從來沒看過它們這麼乖過，醒來後，感覺得出牠們在疼痛，小舞低吟著，小花一直趴在地上動也不動，傷口有點繃裂，懶洋洋的，都受罪了。

記事二：栗子

上週才從量販店買了一大包進口剝殼栗子，今兒個去農會超市見架上有新鮮栗子，見著栗子，就知道天氣要轉涼了，果不其然，翻看日曆，週一處暑，代表夏天將要結束，植物對於節氣比人還敏銳，而我對於植物變化與時令果實也越來越敏銳於季節的轉變，每年總要吃上好幾斤中埔栗子，新鮮栗子就是好吃，除了好吃，所代表是季節，吃完栗子就知道要進入冬天了，總是，跟著這個食物來那個食勿走又一年。

08‧27 星期五
蜘蛛咬人

第一次被蜘蛛咬。一把抓起許久未用的被子，突然手掌一陣刺痛，直覺反應鬆開手，一隻黑蜘蛛倉惶而逃，還來不及尖叫已不見蹤影，受到小小驚嚇，跟被蜜蜂叮感覺很像，但疼痛時間較短，半個小時左右，不像蜜蜂，一天也在痛，兩天也在痛。

經常被這個叮那個咬，手啊、腳的，常常抓到破皮，有時全身癢得不得了，知道嗎？這時候我最想放棄農莊，一走了之，身體再怎勞累，心理再怎麼無助，都沒讓我有逃走念頭，唯獨混身被蟲咬得亂七八糟最是沮喪。

　　總有人問我，怎麼不怕蟲、蜜蜂、蛇……？怎麼不怕？也想逃啊！但活總是要作，日子還是要過，就繼續跟蟲較勁吧！

08・28 星期六
記事一：拍賣員

　　開業以來第一次有花市「拍賣員」光臨，有一種親切感，拍賣員跟我的花息息相關，花剪下之後進拍賣市場，首當其衝就是到拍賣員手上，他們負責將花舉高高，陳述花品相，接著開始喊出第一價……

　　我開始賣切葉時，很拙，不太會包裝，真的很像在賣菜，隨便綑一綑就拿去賣，有一次一棵修剪下來的樹直接扛進市場，拍賣員瞪大眼睛，說，除非有承銷人訂一「棵」樹，不然要一小枝一小枝剪下，價錢會好些，否則「殘貨」機會很大，果不其然，那棵樹當天成了殘貨，進了攪拌機。

　　也是那天台中花市拍賣員教我如何包裝切葉，他們大概很怕下次我把整片樹林扛來吧！於是，我開始有了概念，然後試著出各式葉材，哪種價格好，哪種價格不好，慢慢知道市場需求，在非花季時，加減有一點點微乎其微的收入。

　　我問拍賣員（客人），有沒有傳說中「市場祕辛」，跟哪個供應人（生產者）熟捻，喊出價碼就較高？客人笑笑，回答：「品質不好，喊高了，承銷人（所謂大盤商）會噓聲呀！」但他們會做一件事，就是當商品打入殘貨，在結束拍賣前會再將商品拉回來，重拍一次，儘可能幫生產者降低損失。這點聽了很窩心，若商品不幸被打入殘貨，知道嗎？那叫血本無歸啊！所有農作物都是頂著烈日或畏著寒風的心血從務農以來，一直覺得這是收入微薄的工作，得到的回報永遠只是剛剛好而已。

記事二：天燈

　　風大細雨飄，三位年輕露友移到花房前野炊，看著眼前狂風，輕輕地說：「如果看到一頂帳蓬像天燈一樣飛到天空，那就是我們的……」

　　我轉頭問：「沒有打營釘嗎？」

　　「沒有，那是一頂一秒扭開輕便帳蓬。」

　　我「啊！」了好大一聲，開始想像從眼前飛過一頂帳蓬畫面。

　　其中一個年輕人說，這是個意外，然後說，要去把帳蓬拿下來，以防萬一真被風吹走，晚上就得回家了。於是，我看著兩個人，一人一手拎著帳蓬走下來，帳蓬真小巧，我納悶睡得下嗎？年輕人聳聳肩，一付無所謂的樣子，我說，當真擠不下，儲物間別嫌棄，可以讓你們窩一下。

　　後來，風停雨歇，三個年輕人拎著帳蓬又回到營地，他們說，就是來露營啊！克難也沒關係。讓我想到不久前三位中年大叔，裝備都很簡單，感情都很好，也都隨遇而安。

08 · 31 星期二
暑假結束

　　這是有史以來最讓我無感的暑假，雖然不當學生多年，但暑假就是暑假，總要出去渡個假，後來開業了，換別人來我這兒渡假。今年疫情影響，感覺不出暑假氛圍，因此能去花蓮小住幾天，也算有渡假，而沒有遊客來，倒是清閒許多，能有較多時間去造林區工作。

　　從五月開始下雨以來，四個月始終處在雨中，120 天只有 20 天沒下雨，與年初因為缺水，大動干戈外，還得謹慎用水，真有如天堂與地獄，而我的水源處這四個月就像河水氾濫，已經形成一條渠道，如果能平均在十二個月份裡不知該有多好啊！

九 月

09 · 01 星期三
屋瓦

15 年的房子，頂樓屋瓦像約好一起掉落似的，我的超級（值）助理當起工頭，帶下花園工人將瓦片一一還原，漂亮！

隨著屋齡以及回台中家次數，明顯感覺房子在老化，不是這個壞就是那個故障，有時想如果把房子長租出去，每次回台中都能去住星級飯店，回來也不用作屋奴，老是在打掃清理，想歸想，房子還是空著，好歹有個落腳處，畢竟是個家。

施工前，小史說：「老闆，施工時你也要上頂樓看一下，跟你解說。」通常他會叫我「老闆」都沒好事。

我回：「可以拒絕嗎？」了解工程作法不是我的風格，就算了解了水電、屋瓦，以後壞了我一樣不會修，住了 15 年，從來沒上過自家頂樓，水塔在頂樓長什麼樣都不知道，有必要了解屋瓦嗎？

要施工了，小史又說：「老闆，你一定要上來了解。」我怎麼好再度拒絕好助理的好意呢？於是，硬著頭皮爬上六樓，沒有想像中可怕，雖然站立空間極少，小史拿出他非專業工法「施工圖」，果然是畫圖的人，就是要「圖解」，他因此對於屋瓦擺放工序有所理解，我也有了概念，讓我上來了解是對的。

同時，第一次看到頂樓視野，很棒！最棒的是，修繕好的屋頂又變美了！

09‧05 星期日
搶時間

　　一到下午就是下雨，每天都像在跟老天搶時間工作，趁沒雨時趕緊做正事，連著三、四個月都經常性下雨，最傷腦筋是沒辦法噴灑，明顯有了蟲害，而此時花苞正冒出頭，一年就收成一次，成敗攸關，有時搶到時間，不久又下雨了，感覺好像白忙一場，這幾個月就這樣做著重複的事，搶時間、白忙一場、搶時間、白忙一場，工人多次跟我抱怨成效不彰，做得又累，要我加重藥劑，但我顧及成本與傷害性問題，總是與工人僵持不下，拉扯著，與人，與自己，與天地。

搶時間

09‧09 星期四
澎湖三十

　　臉書（facebook）像一部時光機，經常跳出訊息，告訴你幾年前的今天你正在哪、做什麼……

　　今天我人在澎湖，臉書跳出去年的今天我正在澎湖。有趣的是，我竟穿同樣衣服，到同樣地方，在同樣時間，同樣與三十年前的老闆共進早餐，竟在同一天重複一樣的事，彷彿遇見了去年的自己，一種奇妙感覺。

　　回到 30 年前讀書的地方－澎湖，變化了，那個年代的澎湖沒有小 7、沒有我家就是你家的全家、沒有麥當當、沒有星巴巴、沒有肯爺爺⋯⋯沒有任何一家連鎖店，現在，叫得出來的連鎖店沒有一家沒有進駐，那時，媽媽帶我去學校註冊，離開時，掉下眼淚，說：「這麼落後的地方⋯⋯」一轉眼～啊！景象全非，像極了電腦畫面，一個按鍵來到另一城市。

　　唯獨 30 年前的老師依然、30 年前的老闆依然、30 年前的同學也依然，當然我也依然囉！每年每年回來，見的人不變，去的地方不變，就像不變的公式。30 年前在藝品店打工，老闆有他作生意哲學，堪稱全澎湖最便宜的店，所以店內生意總是很好，我甚至覺得因此讓澎湖藝品店價格有制衡作用，沒有所謂觀光地區東西就特別貴現象，一到假日忙到 11、12 點是正常，在那時我愛上肯尼吉的薩克斯風，因為那是店內少數音樂光碟片，是我當班必播音樂；後來畢業了，經常回澎湖，就到店裡逛逛買買，老闆總是請我吃飯，漸漸地像朋友，漸漸地也變成「老」朋友了，這麼一晃眼，從他 45 歲看到他 75 歲，當然，他看我也經過同樣的歲月，從我 22 歲看到 52 歲，而我們的轉變就像這座城市一樣，是 30 年前誰都料想不到的現在。

去了七美島，好久沒去，只為了途經知名景點「藍洞」，想像中以為會如其名很美，多想了，無論如何總是稱了心如了意；而七美，除了遠眺雙心石滬依然外，海風也仍舊鹹溼，這裡已不復記憶中的美，我想，記憶總是美好吧！

三十年前第一次離家讀書就跑到澎湖，那時，回一趟家不容易，假日多半四處玩，到哪兒都新鮮，踏遍每一個沙灘，登上大大小小離島，七美是最遠離島，有最美名字「淒美」，那時的這裡原始許多，現在多了許多水泥步道、瞭望台，淒美變成了極美；甚至搭小船登上無人島烤肉，現在，許多小島不見了，也出現了許多新小島，景點汰舊換新，跟電腦作業系統如出一轍。

此行有六人，每天肖肖啦啦，瘋玩，我實在沒辦法像觀光客一樣起早趕晚，第三天，我放棄當日行程，選擇跟三十年前老闆共進四小時早餐，而後決定繼續泡在咖啡館裡接著中餐、下午茶，一直到伙伴們回來晚餐，來澎湖，泡在咖啡館一天，這種事大概只有我做得出來，想必是我那被寵壞的「孤獨」也跟來了。

今天是來到澎湖第四天，也是最後一天，每天都很熱，跟山上天氣截然不同，山上現在是秋天，涼爽，但我卻感覺不到這裡有秋天氣息，除了悶熱還是悶熱。秋天，一直是我覺得適合出遊的日子，在花季前遠離工作，彷彿成了這些年來準備迎接花到來的儀式，簡單美麗。

09・12 星期日
鏍絲釘

強颱預報，但沒想像中的「強」，雨忽大忽小，風一陣一陣，跟平常大雨天沒什麼兩樣，讓我可以坐在咖啡館內聽雨寫作，下雨總給了自己合理休假，關於「休假」我很計較，該工作日子而不工作會有罪惡感，太早休息也會有罪惡感，營業時間而公休也會有罪惡感，哪怕生意不好，也要待在店內才對得起自己良心似，難怪客人說我是撐住花園唯一鏍絲釘，拔掉這顆鏍絲釘花園就垮了，目前看來是如此，希望哪天這個花園沒有任何鏍絲釘依然能運轉。

鏍絲釘

09 · 17 星期五
掌門人

自從長居山上後，便顯少到寺院、道場拜拜，很多日子也忘了，不若以前，一段時間就會去廟裡燒香祈福，什麼日子就做什麼事（消災祈福），有一次想到很久沒去土地公廟拜拜，就請助理去幫我拜一下，想想，這會兒真是混日子了，連拜拜都找人幫忙。

這山頭寺院、道場林立，各門各派，在這兒混了多年倒也沒親近哪門哪院，了不起蜻蜓點水上門燒個香或雙手合十禮敬，從沒跟哪家走得近，什麼廟會法會全丟給老天了，儼然自己獨門別院也成一家。

今年年初起，因水事件以及小狗接二連三出事，我心裡多少有點罣礙，就不知哪裡沒拜好了？四月某一日，經常來作客的道友，問我有沒有去過對門道場？彷彿讀心術般，這話似乎回應了我內心，於是幾天後便登門拜訪。

掌門人有點年紀了，道友們都稱他「阿拔」（台語，阿爸的意思），曾去過這道場兩次，都是與友人同行，僅禮貌性打招呼，這次我隻身前來，與阿拔有了較多對談，但僅止於日常生活閒聊，對於自己近況並沒有多加置喙，從此我幾乎每週去對門道場，與阿拔閒話家常，有一次，同行友人跟阿拔告狀，因為水，我被欺負的事件（我其實不喜歡「欺負」兩個字，生活本來就是各憑本事，若沒本事待在這兒就東西收拾收拾走人，沒什麼欺負不欺負）阿拔豪氣甘雲地說：「誰敢動她，我派天兵天將守著，想進去門都沒有……」或許事情告一段落，或許梅雨季來了，或許門楣前真給貼了無形符令，那之後，我

日子確實平靜許多。

今天是阿拔出殯的日子，我送他到最後，感謝近半年泡茶聊天，讓我在不平靜中有了平靜。

掌門人

09・21 星期二
忙亂

這是忙亂的一個中秋連假，什麼狗屁倒灶、烏煙瘴氣的事就別提了。有趣的是，第一次有露營的人這麼會買飲料，從搭好營帳就開始一壺一壺買，

買到拔營喝完最後一壺才離開，共計五壺綠茶，通常來露營都是糧食充足，飲品塞滿整個移動冰箱，能跟我買一兩杯咖啡已經算不錯了。

一開始先是買五杯，看著杯子，顯然不滿足，直接問有沒有一大壺？於是，我特別為他們一壺一壺煮茶，煮了一整天綠茶，滿室馨香。

09・26 星期日

記事一：咖啡

繼上週最愛買飲料的露友出現後，這週出現了最愛買咖啡的露友，人手一杯，共計 12 杯，連兩週破了露友買飲料記錄，常來哦！

記事二：寧靜

週末露營的人說多不多，說少不少，以我總營位 12 帳來說，過半算了不起了，偶而還會被露友調侃：「大日子你們家還有空位哦！別家早早早就滿出來了⋯」

要說的是，這週完全感覺不出來有人露營，嚴格說起來，有點安靜，安靜到要打瞌睡了，要知道，山區空曠寧靜，聲音傳導大，通常晚餐與早餐時間

最是人聲鼎沸，但並沒有，若不是少數時候傳出小孩嘻鬧聲，真要懷疑來露營的人在上自習課嗎？好想去巡堂哦！老師魂上身了。

不久前，一位露友說，很少有這麼安靜的露營區，不簡單，那時三四帳，是褒是酸不得而知，其實上週滿帳，也算安靜，再這麼保持下去，應該很快可以走文教露營區路線了。

09·30 星期四
五顆星

客人給了一顆星評論「最爛的露營經驗」，我想他會遇到更爛的，因為他在比爛；小史拿了近期插畫給我看，作品細緻，照後鏡裡有正面的表情，車窗玻璃有側面影像，他說他再畫不出比這張更極致的作品，但我相信他還能畫出更好，因為他在比好。

我問小史，我們有沒有 5 星評論，他說當然有，那就好了，我要看的是那 5 顆星星的鼓勵，我一直相信人生只有比好才會更好。

40 歲時經營日租套房，客人因故無法前來，我要匯還款項，但客人讓我保留，這一留就是半年，來住了，隔天早上挑三揀四就是要我全退費，當時

我覺得不合理，這一鬧全上警局了。

多年後，經營了農莊，有次，我一樣給客人方便，她們因為不克前來，來電請求我這方讓她下次來免費入住，免於訂房網上的損失，我答應了，三個月後除了一家子，又多兩人，於是加訂一房，一早嘰嘰咕咕，因為蟲跑進了兩人房，害他們不敢住，若我還收費就給負評，負評儼然成了尚方寶劍，我一點都不在意負評，但 50 歲的我不再堅持，人走吧！然後悄悄地把準備送給他們的花插回花瓶，這樣的人不配擁有美麗。

我一直都知道，不管哪個行業都不可能盡如人意，也知道服務再周到都有不周之處，更知道自己不是個圓融的人，服務業這條路倒是滿適合磨我稜稜角角。

後記：

後來陸續有善心露友在評論上幫我漂白，很窩心，但經過一段時間後，再回頭看這一顆星，又顯得微不足道了，一顆星也好，五顆星也好，也就是主觀評論，若我容不下一顆星評論，那麼，我就如同那一顆星，晦暗不明，我想，不管幾顆星都影響不了我的心。

十 月

10·01 星期五
路樹

　　入秋後還在開花的樹不多，台灣欒樹獨領風騷，開車在公路上，兩旁欒樹正綻放著成串黃花，少許紅褐色蒴果穿插其中，訴說著，等我褪下那紅，便將入冬了。而此時，那樹稍上的黃顯得奔放，彷彿在提醒路人，別錯過了今年路樹最後一季的美麗。

　　年少不懂得欣賞台灣欒樹，漸長，才發現它的美，蘊藏著一種內斂，不是花葉分離那種愛恨分明，也不是濃烈的自我色彩，而是從開花到結果，顏色漸趨，如同人的成長階段，每一段有每一段的美，也因此有「四色樹」美名，大概很少有路樹的化開得這麼層次分明，最後果實呈乾燥褐色時也入冬了，正好有一種蕭瑟感。

　　每一種樹，每一種花開，都在告訴我們「時間」悄悄地迅雷不及掩耳，跟著花開花落又一季又一年，是我這幾年生活心得，此時軛瓣蘭花開，提醒我又愛又怕的季節又到了！

10‧03 星期日
自來水

　　不管是二級還是三級警戒，甚至解除，對我來講都是一樣的，往農莊的路（嘉130鄉道）因埋設自來水管線，從7/5-10/8封閉，眼見10/8在即，工程是好不了了，意外收穫是，這條路因此變得安靜許多。

　　如果不是住在山區，不會知道有自來水到不了的地方，不會知道有有線網路到不了的地方，不會知道有市話到不了的地方，不會知道信件是到郵差家拿，而寄包裹總是加價，瓦斯桶要自己去載……

　　偶爾來上客人，儘是舊雨新知，承蒙支持，還能舞刀弄鍋，週末一夥人，給足了我料理讚美，鍋碗瓢盆可得意的上演打擊樂了。

10‧05 星期二
品牌

　　第一次幫花藝老師處理葉材，不容易，以我的手藝一天可以包300支花，今兒個倒只包了30份葉材不到，甚至有花季感覺，已忙到過午，仍沒時間進食，中場囫圇吞棗，沒讓葉材泡進水裡我沒辦

法吃飯，就像剪下的花，當日沒理完，沒辦法睡覺，讓我想到一句台詞「每一次的努力都是爲了完美呈現在觀眾面前」，雖然只是一份不起眼葉材，都希望收到的人是歡喜。

爲了讓每一位學員知道手上葉材都是知名樹種，特地做了小標籤，並且是出自「花舞山嵐農莊」，也是我的驕傲。

10．10 星期日
阿拉丁神燈

油杉區一直以來都有蜜蜂出沒，我觀察牠們在一個洞穴裡群聚，從小小縫細可以看到蜂巢，應該有很長一段時間了，但我不以爲意，有時會先跟客人告知一聲，客人多半沒反應，有時我見蜜蜂寥寥可數也就不多說。

這週眞就怪了，蜜蜂特別活躍，先是露營房客人在戶外野餐，一隻蜜蜂就在人家餐桌上揮之不去，客人只好把我招來，讓我驅趕，我成了阿拉丁神燈，費了一番功夫才將牠繩之以法，客人問我：「不怕被叮啊？」阿……阿……阿你們就把我叫來趕蜜蜂啊！

搞定露營房外的蜜蜂，換油杉區客人召喚了，這一召喚就是兩天……

　　昨天營帳搭好不久後即跟我說，有蜜蜂飛舞，一開始我先是說，牠們不會攻擊人，但他們說群裡有人對蜂過敏，萬一被叮要送醫院，都這麼說了，只好帶著工人用黑網蓋住蜂窩洞穴，到了晚上，客人又召喚，說蜜蜂愈發群聚，我去看，真比白天多了，因為蜜蜂作工一天要回家休息，卻飛不進去洞穴，一直在被擋住的洞口外盤旋，嗡嗡地顯得很急燥，很想拉掉白天蓋住的黑網，讓蜜蜂飛進去，但這樣做客人肯定不滿意，因為不屬於積極作法，於是又帶著工人摸黑再蓋上一層黑網，至少客人是接受了，而我則整晚憂心在蜂巢外的蜜蜂進不去家門。果不其然，一大早，客人又召喚我了，心想，這下肯定更多了，雖然有點捨不得這些蜜蜂，但為了一勞永逸，不再威脅到客人，便打電話給當地農政單位有請專業捕蜂人來。

　　果然是專業捕蜂人，他們聽我陳述是採蜜的蜂，因此並沒有要火攻，而是想全力捕捉蜂王。一開始先觀察洞穴，確定有蜂巢，便慢慢將洞穴鑿開，伸手取蜂巢，出乎意料，蜂巢之多，一片又一片像取之不盡似的，推估築巢應該超過一年以上，現場我拿些蜂蜜巢塊給客人品嚐，也算是補償，捕蜂人將蜂巢盡可能拿取後，開始用煙燻洞口，將蜂群整個逼出，看著蜂群像軍隊般一批一批傾巢而出，數量

之驚人啊！不久整個天空已被群蜂飛舞籠罩，聲音如雷貫耳，是我前所未見，接下來要在成千上萬隻蜜蜂中找尋蜂王成了捕蜂人首要工作，隨著時間，蜜蜂開始穩定下來，在最大棵的油杉樹上聚集，捕蜂人專業判斷，蜂王就在其中，於是，在樹枝中吊起黑布籠，開始徒手一捧又一捧將蜜蜂往黑布籠兜去，圍觀的嫂子及客人也想體驗手捧蜜蜂感覺，便請捕蜂人讓他們玩一下，旁觀的我們真覺得像一場實境秀，太有趣了，蜜蜂超乎我們想像中「乖」，但顯然蜂王一直沒有被兜進黑布籠裡，被兜進去的工蜂不一會兒又飛出來，一番折騰後，終於抓到蜂王，捕蜂人將蜂王放在一個鏤空小匣子裡，將之吊在黑布籠中，不久，工蜂漸漸飛進去，愈來愈多，幾乎是滿滿一袋後拉起束口；最後將原來的蜂穴用殺蟲劑噴灑，不再讓蜜蜂有跡可尋。

　　整個過程耗費近三小時才結束這一場捕蜂記，值得高興的是一大群蜜蜂有了新家，沒有被殲滅，在蜜蜂日益減少的今日，能保住一窩蜂也是大自然福祉。至於那些野生蜂蜜，當然是捕蜂小組的酬勞囉！我也只取得一小塊。

　　我終於不用再當阿拉丁神燈，正要翹二郎腿嗑瓜子，客人又召喚了，我立馬從神燈裡飄出，原來還有少許沒跟上隊伍的蜜蜂在帳蓬上亂竄，我說明

蜂王不在，很快散去，但他們選擇整區噴灑殺蟲劑
讓蜜蜂馬上消失⋯⋯

　　終於，蜜蜂盪然無存，我這個阿拉丁神燈可以
好好窩在神燈裡不用再被召喚了。

10・12 星期二
藍柏

　　每次連假結束都有一種謝幕的感覺，從喧囂到
寂靜。接下來換走進大自然舞台，走進與樹無聲勝
有聲的日子。

　　今天跟藍柏奮戰一整天，足足八小時修枝剪葉，
一杯茶，一音樂，一空間，就我與藍柏獨處，沒有
對話，只有在樓梯上上下下，遠遠近近端看修剪美
感，認真程度直逼論件計酬。

　　走進藍柏區，三十二棵藍柏排排佇立，整齊劃
一，會被它狀似軍隊樣貌給震攝住，藍柏的美，很
難讓人抗拒，此時入秋，新葉尖稍帶點白，成葉有
它特有藍綠色，因為溼氣重，老葉覆上一層芥茉色
青苔，因為枝葉不長 一層層的葉簇反倒像雲朵，飄
在樹幹上越長越大，越令人讚嘆。

為了讓樹形稍有姿態，枝葉具層次感，一年一度修剪免不了，樹越大修剪時間越長，用最快速度，一棵樹少則十五分鐘，多則半小時，為了讓樹幹通風，經常整個人埋進樹裡，將沉積在枝嶺的枯枝落葉清除，或剃除掉較小枝條，這時最貼近樹，能嗅到樹所散發出的氣息。彷彿不久前我還能站在椅子上從樹梢修剪下來，漸漸地，我越來越搆不到樹梢，梯子也越用越高，樹稍已然修剪不到了。

天色已沉，還有四棵未修剪，留待明天繼續奮戰。

10 · 15 星期五
手作點心

為了明天要去「鄒市集」擺攤子，今天努力手作小點心，幾乎忙了一天，原本只想做一兩樣，哪知愈做愈多，根本是把家當全扛去了！

最重要的是我的山居好友「慕葛娜納」主人，明天在市集有成果展，我榮獲最佳主持人票選，為了穿上美美的旗袍亮相，不要像灌大腸，這兩天我可是餓扁了！

10 · 16 星期六
美麗主持人

　　這是有趣的一天，我榮獲「美麗主持人」稱號，旗袍加上繡花鞋果然成功吸睛。年輕妹妹說：這年代還有人旗袍塞得進去哦！哈哈！姐姐其實快爆漿了！

　　主辦方還現場幫我徵婚，非常有趣，光是這個橋段，今天去主持就值得了。

　　一早美美進場，主持結束後，我換上工作服，準備下半場叫賣，不久開始下雨，最後是落湯雞回家。但老天真賞臉，整個活動進行的過程天氣晴朗，給了大家美麗的一天。

美麗主持人

10‧17 星期日
廚藝

當完了美麗主持人，今天要當廚娘了。

一群來過用餐的客人再度預約用餐，我總為特地預約用餐客人精心烹煮，除了美味還有健康。

客人說我的料理色香味兼具，還多了一份美感，問我是否學過烹飪？當然沒有。關於烹飪，感覺是打從娘胎就會的事，記憶中小學三年級就開始舞刀弄鍋準備三餐，沒什麼學不學，喜歡料理加上三分天分吧！客人謝謝我，但應該是我謝謝客人，因為客人，才是我學習廚藝的開始。

10‧19 星期二
短葉雪松

今天奮戰的是短葉雪松，與藍柏一樣頗具市場價值，都是屬於短葉，色澤獨特，經得起時間考驗。我修樹報酬就是將修剪下的葉材整理整理變賣，今天不是修樹型，而是最低枝葉離地高度，所以速度快些，但稍有數量，整理時間變長了。

有些葉材會扎手，短葉雪松就是其一，用力拉橡皮筋捆綁葉材讓我的手指有了繭，還經常一不小

心就被橡皮筋彈得唉唉叫,而長時間修剪樹,一天下來虎口幾乎要麻痺,唯一得到彌補是可以聞到葉材香氣,百分百純天然精油香。

有一天我帶客人逛花園並且介紹我所種的樹,逛了大半圈後,客人說:「我可以看你的手嗎?」

我毫不遲疑伸出雙手,同時說「很粗糙」,指甲還髒髒的。

或許只有看了我的手,才會相信我真是園丁吧!

10・22 星期五
放生後的慶生

四年前被放生山區,心境如同柳宗元寫的〈江雪〉

千山鳥飛絕,萬徑人蹤滅。
孤舟蓑笠翁,獨釣寒江雪。

當年一個當地朋友都沒有,隻身在林中單飛兩年,承受極大孤獨,一轉眼四年過去了,兩年前我敞開大門,同時敞開心扉,因而結識山居好友,經常齊聚,很難想像,今日有眾多友人相聚慶生,自己都覺得不可思議。

　　朋友送來一顆「萬寶螺」（千萬保重囉）四大名螺之一，寓意充滿吉祥，很棒的一顆螺，以前，我可以說出最愛貝殼是誰，現在，說不出來，心中已沒有最愛與不愛，在我手邊就是最愛；就像樹一樣，以前我可以說出最愛的樹，現在，也說不出來，只覺得什麼樹適合種在什麼地方，才能長得最美吧！

10·23 星期六
霜降

　　天氣真的轉涼了，看工人一早從儲藏室搬出電暖器，然後將電風扇收進儲藏室，我瞪大眼睛，工人說，晚上睡覺很冷！是啊！是冷了，晚上睡覺都縮著身子，看來我也要搬出雞司頭仔準備越冬了。

10 · 26 星期二
森林美容院

樹木愈大，修剪時間愈長，年初虎頭蘭結束後，從三月先是杜鵑修剪，接著就是林木，會一直到虎頭蘭開始長出花苞後，修枝剪葉才告一段落，很明顯，花與樹佔去我一年四季。

最近除了修剪自家的樹，還修到姐姐家去了，姐姐家有兩棵造型庭園樹，若沒有每年固定修剪，經過春夏生長，入秋後便顯得雜亂，失去美麗造型，一個早上精雕細琢就修剪兩株，跟我平常大手大腳超速修剪園區樹截然不同，造型維護相較林木修剪，感覺前者是到美容沙龍，後者則是到 100 元快剪店。

森林美容院

10 · 30 星期六
作工

　　這週，同學說是來渡假，其實每天都幫我作工，真有作不完的工，光是咖啡豆人工去皮就用了大半天，又是地瓜球、又是蘿蔔糕、採野菜、做苦瓜封、洗廁所，還要抓時間到花園扶花……每晚都是累癱在床上，就連躺在床上都不忘幫我推銷 2022 年桌曆。

　　同學連續忙了好幾天，今天洗碗，摔了兩次碗盤，已經手軟到連拿碗力氣都沒了！

十一月

11‧01 星期一
十一月

　　每個月小史都會針對當月，將當月桌曆放臉書粉絲頁，我們有兩個粉絲頁，一個他負責「星知心」，一個我專責「花舞山嵐」，有時我不會張貼，甚至也不敢看，太寫實了。這次我認真看了十一月份照片，為什麼用「認真」呢？因為很多關於自己過去寫的文字、照片，其實都不不太喜歡回頭看，會覺得那是「我」嗎？真到有點不真實。

　　話回到這張照片，算算快三年了，因為這張照片，我記得那天，兩位台北同學來玩，帶她們逛花園、造林區，到了造林區，仰頭看著一片陡坡是我剛種下的樹苗，好壯觀啊！於是，我站在這一大片樹苗前，讓同學拍下這一刻。

　　這張照片，仔細看，拍得真美，倒下無數檳榔樹取而代之是無數樹苗，站在這片土地上，我顯得這麼渺小，哪來力量種下諾大一片呢？文字在此時就顯得很貼切了，我在每月桌曆照片上都會寫下相關文字，這篇是「大自然是一帖良藥，每每獨自站在這片土地時，只有平靜與愛。此生若不是走進山林，不會成就一片樹林，在此同時，大地亦給了最大勇氣與力量支撐，相信願力啟動，會有超乎自覺能力，

是大自然的賦與，生命才能如此自在。」這就是大自然的療癒之美，不可思議啊！

我喜歡用「不可思議」來形容農莊所發生的一切。

11‧02 星期二
記事一：胃痛

中餐後沒多久，胃開始不舒服，我知道即將面臨胃絞痛來襲了，就像溫水煮青蛙，愈來愈不舒服，到了傍晚來到胃痛高峰，趕緊洗洗澡癱在床上。這幾年，偶而沒來由的胃痛大概是我唯一的「病」吧！沒什麼不好，總是要藉由「病痛」，讓我知道身體安好是多麼重要。

像今天沒客人，倒也還好，就吃個藥，癱著，休息，等待痛離去；有一次剛好有用餐客人，藥猛吃，依然壓不下來，撐著身子骨料理，胃痛到直冒冷汗，表面笑臉迎人，骨子裡卻如萬馬翻騰，那次胃痛是在工作中熬了過去，可憐的孩子我呀！

記事二：小怪手

　　小怪手在我三請四請，從八月請到現在，昨天終於來幫我推倒檳榔樹，期望很快可以再種下一批樹苗。

　　工程不如預期，小怪手只作了兩天就跑去別人家玩了，根本還差一大截才能將檳榔樹全數鏟除，如今只能再等等，等小怪手別家沒得玩的時候，再來我家玩了。

小怪手

11・04 星期四
示愛

兩位年輕男生，一個從北來，一個從南來，在嘉義會合，結伴上山露營，今天只有他們，就隨便他們選區域，他們選了油杉區外側，這個位置很棒，能遠眺嘉義市景（夜景）又能看太陽下山，又在蘭花園前，可說是美景當前啊！

帳蓬搭好後，兩人來找阿姨我借桌子、椅子，不一會兒，晚餐時間了，兩人又來找阿姨我借鍋子、盤子、杯子、碗，我問：筷子帶了沒啊？回答：就帶了筷子。這大概是第一組讓我覺得一點都不像來露營的年輕人。

華燈初上，他們從高處喊著：「阿姨，可以開路燈嗎？我們要煮晚餐了。」我也高喊著：「沒問題。」

夜深沉後，兩人又從高處喊著：「阿姨，可以關燈了嗎？要看星星了。」我也大聲回答：「好的。」隨後，一位男生大喊：「阿姨，愛你哦！啾咪。」另一位男生則竊竊地說：「別亂示愛啦！」我可樂了，跟著大喊：「阿姨也愛你哦！啾咪。」可愛的大男生，整天阿姨來，阿姨去的。

11·05 星期五
大自然療癒之美

　　今天受邀到台南東南扶輪社演講，承蒙本屆社長看重，讓我有機會爲與會企業家們分享「大自然療癒之美」，這次分享地點因爲是在星級酒店，因此我們同行一夥四人愼重打扮了一番，更像是去喝喜酒，有趣的是，四個人不約而同挖出十年前的「新衣」，大夥洋洋得意十年身材如一日，唯我的類旗袍穿上後有點像灌大腸，繃了點。

　　我在四十二歲開始人生下半場，走進山林，做起農務；四十八歲出了第一本書、五十歲出了第二本書、五十二歲（今年）正在寫第三本，打算五十三歲出兩本書，其中一本是繪本，屬於聯合創作。

　　大自然的療癒很神奇，不像吃藥，立竿見影，而是經過時間累積後，猛一回頭發現自己有了超能力，那個能力本來不具有，卻神奇地擁有了，我在人生最低潮時候（四十八歲）決定長住在山裡，那是一個很大決定，決定放逐自己，沒想到，大地垂憐，反倒給了我不一樣的人生，還讓我給如實記錄下來，意外成了「作家」。

那時，每天坐在屋前看著山，看著一大片檳榔林，突然有了種樹念頭，我要成就花舞山嵐，相信花舞山嵐也會成就我。接下來種樹成了我很重要的功課，我要造一片林，至少留下一片林代表我曾來過這片土地，人生半百的我突然有了醒悟似，於是，費了九牛二虎之力將眼前一大片檳榔林全部砍除，接著，我從不會種樹到種下五千棵樹，成了這輩子值得說嘴的事，四十二歲從沒種過花，卻接下二萬盆蘭花，不懂音樂的我，四十九歲膽敢辦了一場百人戶外音樂會，完全顛覆了我人生上半場。

2019 年的三月是我畢生難忘的一個月，太苦了，卻也太不可思議，什麼天氣都給遇上，不論刮風下雨，風吹日曬雨淋，就是帶著工人去山坡種樹，那個月我期許自己要完成造林區三千棵樹苗栽種，在山面前我顯得那麼渺小，哪來的力量種下諾大一片呢？我一直都知道那不是我的能力，是大自然的能力，有一股力量支撐著我，如同我寫在 2021 年十一月桌曆的文字「願力啟動，會有超乎自覺能力產生」是不可思議，三千棵樹兩名工人加上我，不僅在三月完成，還提前，從此我人生有了轉變，從放逐到找到生命意義，這個轉變始料未及，相信是大自然的賦與。

很難想像在此之前我對樹是如此陌生，不懂樹，更不懂如何種樹，種樹後才開始去認識樹，樹成了我生活中很重要的一份子，慢慢地，山居朋友也走進我生活，我感受到大自然給予我的不只是精神層面，還有心靈層面，生活上我沒有很大的情緒波動，也不恐懼巨大孤獨，大自然的療癒超乎您所想像。

在此邀請各位一起走進我的山林與花共舞，共同感受大自然療癒之美。

11 · 07 星期日
記事一：與花共舞

入冬，花苞抽高了，尤其白花，花穗有些重量讓花莖直不起腰桿，趁著空檔，用鐵棒將花撐起，直挺挺將來才能賣個好價錢。

鐵棒、花夾，彎著腰，一支一支夾花，身體動作跟花很像，都彎彎，很彎腰的工作，要持續好一陣子，感覺是在告訴我，放下身段（謙卑）是踩在這片土地最大學習，花莖抽長就再移動花夾，慢慢將花撐直，直到全開後剪下，從現在開始，每天要與花共舞一直到收完花，約莫明年二月吧！感覺秋天還沒過完，樹都還沒忙完，人還沒歇著呐，就開始忙花了，花與樹跟我細數春夏秋冬啊！

　　幾年前，我還身兼數職，台中嘉義兩地跑的時候，瑣碎工作就找原住民來幫忙，那時一位原住民媽媽用競選旗幟縫了一個花夾專用袋，一次能放很多花夾，斜背著在花田間行進夾花。而我，總是將花夾塞在口袋、圍裙，數量有限，效率不佳，今年，我翻出這個袋子，每天像背著書包到花園去作功課，有效率多了，還好一直都留著，不愧是媽媽，總有她的辦法。

記事二：下雪

　　看到新聞，北京下雪了。一直期待六十歲後的人生，可以到大陸各個城市住一段時間，就不知七十的我還有壯遊世界的心嗎？

　　最近老想趕快六十、七十，甚至八十，因為迫不及待想看自己一生轉變，有人問我，一個人把花園搞得這麼大，要怎麼善後，應該想過吧？當然有定見，所以期待年華老去，是不是如自己所設想的不得而知，只能經由時間，用老去交換未來。

　　別人看我日子過得充實，充滿希望，忙得不亦樂乎，但有時候自己覺得很無趣，又單調，所見所聞不是樹就是花，於是，不斷給自己目標、期待，無非是前進的動力罷了。

11·09 星期二
入冬

17天沒下雨，昨夜裡下了一陣不大但足夠的雨，足以溼潤大地，一早起來煙雨濛濛，頗有入冬氛圍，久違了，冬天。

10月中旬後，明顯感覺進入旱季，昨晚一陣濕冷，花似乎有動靜，而我走著走著，寒氣讓我頭皮一陣哆嗦，想把毛帽給翻出來囉！

11·12 星期五
螃蟹

五月，因為「蒼蠅」，魚先生與花小姐絕交至今，此時魚先生送來一隻新鮮大螃蟹，算是破冰之旅。

送來的螃蟹還跩的很，以前很愛吃螃蟹，後來不那麼愛吃了，呲牙裂嘴、十指忙得不可開交，麻煩不打緊，主要是對美食已沒那麼愛好。關於吃，因為經常一個人吃飯，吃什麼不重要，重要的是不要餓肚子就好，有時反而覺得煮一點東西有點麻煩，索性少吃一餐。

有時，也會想找回對美食的樂趣，但發現這點是需要同好才能同樂，在餐桌上對於食物，我並不那麼講究，反而是因為「人」才覺得好吃，或許，該

找尋的是獨食樂趣，認眞思考後，獨食樂趣就是我現在的飲食模式呀！隨意自在。

　　至於這隻大螃蟹，照之前的喜愛，應該會迫不及待將它請上桌，但魚先生走後，花小姐讓它繼續橫行霸道，爲了不暴殄天物，就天冷補身吧，年冬將近是花小姐迎戰寒天時刻，身子骨是該補補，兩天後做了一道「麻油燒酒大沙公」眞繞口的名字啊！果然給它暖呼呼～

11．13 星期六
夜半心事

　　夜半又下了一場大雨，聽著嘩啦嘩啦雨聲，心裡想的是，今天有露營客人，一直下雨怎麼辦？地上會泥濘吧？想著睡著，醒來後，雨不知停在何時？雨停了電也停了，這下，一群人來該如何是好？

　　晨起漫步，只見山嵐繚繞，煞是美如仙境，漸漸地，山嵐散去，陽光展露，又見晴朗一片，電也給力了，老天又幫了我大忙，露友們接續而來，地上已不復見雨後溼漉漉，陽光將其掩藏極至完美，沒人知道幾小時前此處又雨又沒電，此時，我終於能放下夜半心事了。

　　早餐，與常來住宿的姐姐聊到我夜半心事，不巧，姐姐說她夜半也想到這件事，並在心中自行分配哪些人可以到哪裡躲雨……原來，雨聲中夜半心事讓姐姐給分擔了呀！

11 · 14 星期日
記事一：拉長耳朵

　　送走客人後的寧靜依然是我最放心的一刻，必須承認，一群人在我農莊戶外睡覺，讓我睡得不踏實，心裡惦著這些人夜晚是否相安無事？上層與下層有沒有互相影響到？入夜了還有人走來走去嗎？又怕有人高歌不止，總是拉長耳朵注意著聲響……

拉長耳朵

別問我那為什麼要經營露營區？因為國父說：革命尚未成功，同志仍需努力……同志需要收入啊！

記事二：冠軍帽

最近聽說這頂小帽很火紅，「鹽埔順澤宮」號稱冠軍帽，彰化來的客人特地帶兩頂來結緣，一頂送我，一頂送給他遇見的第一位客人，剛好是經常來的夫婦，連同這週是今年第二十五週來渡週末，一年也不過五十二週，得到冠軍帽實至名歸，肯定是我農莊冠軍客人，今年肯定無人能超越他們了。

11・16 星期二
黃鼠狼

繼七月鑑界取回土地後，怪手遲至月初才來將檳榔樹推倒，並且推得亂七八糟，有些還還不及推倒，就收工回去，現場一片混亂，至今。

今天，眼見黃鼠狼明目張膽進去採收殘餘檳榔，真不可至信，完全無視我存在，所以不是黃鼠狼，看錯了，黃鼠狼尚且給雞拜年，怪了，還有什麼東西比黃鼠狼更不安好心眼呢？

11 · 18 星期四
功課

今年意識到媽媽已經八十，而我卻很少回家，於是從七月開始給自己一個功課－每週回家跟媽媽吃一頓飯，這功課啟發是來自於老夫婦，當他們連續從高雄來十三週沒間斷後，心想，原來把一件事當功課作，就變得有意義，這是好功課，讓我知道為什麼我要回台中了，之前，會困惑「台中家」之於我到底意義何在？我生活圈已然在山上，山上才有我的好朋友們，農莊有我的夢想，那是我投注一切的地方，但台中呢？現在我知道，台中有年邁的母親在等我回家吃飯，回台中變得有意義了。

剛恢單時，有一兩年覺得沒辦法獨自面對媽媽，好長一段時間不想回家，有時回家就怕見著左鄰右舍，恨不得塞進門縫，不要被人瞧見，好像我以前的幸福都是裝出來，其實不只媽媽，是根本沒辦法面對任何人。單飛第一年，一位新朋友問我為什麼離婚？話才落下，我眼淚馬上跟著落下。我害怕人家問我這個問題，而「時間是一帖良藥」隨著服用次數愈多後，果然有了成效，漸漸地，我能夠面對離異一事，坦然得像在講述別人故事，偶而還能調

侃一下自己，有一次客人問我婚姻在幾年後走上分岐？我回「十七年」，眼前三對佳偶紛紛擊掌「Yes！我們都過關了。」儼然我還鼓舞了大家。

無意間看見媽媽房間牆上居然還掛著當年我結婚照片，五味雜陳，應該說，媽媽四個小孩結婚照片都掛在牆上，雖然我已單身多年，但對一個母親而言，見子女成家應該是最大滿足吧！

已經連續四個多月，每週一次回台中家跟媽媽吃頓飯，今天一到家，見媽媽在房間熱敷足部，便走了進去，媽媽將手中握著的東西給我，是錢，熱熱的錢，用橡皮圈束著，顯然媽媽等我很久了，我趕緊推回給媽媽，幹嘛給我錢？媽媽只說：「就收下吧！」前些日子媽媽生日，包個小紅包祝壽，近日天冷，買了電毯給媽暖被，媽媽將錢全數還給我，還多了些，媽媽覺得我一個人在山上生活不容易，也沒賺什麼錢，如果還讓我破費，於心不忍……年過半百，還會塞錢給我的只剩媽媽了，我很慚愧，年過半百，在經濟上不能供養母親，還拿媽媽的錢，要離開時，媽媽問，錢有沒有收好呀？我像小孩子伸手摸摸口袋，用力點點頭，錢乖得很，不像我。

此生當真說虧欠誰，大概就是母親吧！

11‧20 星期六
同班同學

　　農莊一入口左手邊有一大石頭，我管叫它「鎮山石」，石頭上寫有「花舞山嵐」，期望能鎮住這山頭，旁邊有一棵櫻花樹，去年一次大風大雨將它給傾斜幾乎四十五度，根部嚴重受損，我與工人用繩索奮力將它拉直，用鍍管撐住，不久，它基部長出新芽，那時想，若原樹體撐不過，至少已經有「新生報到」，經過了一年，發現繩索已坎入樹枝裡，快被包覆，便將繩索除去，樹體已然強壯，不須再借助鍍管一臂之力，樹幹基部傷口也被週圍組織給修復不少，舊生與新生感覺可以一起當同班同學了。

11‧22 星期一
抑草蓆

　　因為擺放蘭花，平台地面都鋪上了黑色抑草蓆，防止雜草長出，後來為了經營露營區將蘭花往下層平台移動，空出平台後原來抑草蓆仍然就地鋪著，並沒有移除，因為是黑色，視覺上並不美麗，也成了許多露友反應不佳的一點。

　　也許這幾年面對雜草已煩不勝煩，深怕一移除，雜草不是我所能控制，潛意識拒絕掀起，去年十月

初，跟客人聊起關於抑草蓆，那是唯一叫我不要掀掉的客人，還記得她說，我人手有限，雖然這樣不美觀，但至少是我能維持的狀態，萬一掀掉後，多了維護草皮工作，但人力並沒有增加，會疲於奔命吧！當時這位客人的話像鎮定劑，給了我很大安撫，也是在那個時候，我開始思考掀掉抑草蓆，確實，雜草在花園裡似乎扮演著監督者角色，讓我一直戰戰兢兢，也不過一個多月後，我像吃了熊心豹子膽。

抑草蓆

　　就是去年的今天，我掀掉抑草蓆，我的人力並沒有增加，但我想能試著從一個平台開始養護草皮，我膽子愈來愈大，諷刺的是，旱季的關係，一陣子後非旦沒有雜草叢生，還長不出草來，於是又一個月後，我又掀掉一個平台抑草蓆，並沒有我想像恐怖，在雨季來臨之前，就是一片黃土罷了。

　　經過整整一年，又來到旱季，草皮並沒有養護起來，依然有絕大部份是黃土，實在是沒什麼土層，多是石礫，至於雜草，當然免不了橫生，但小面積雜草已經威脅不了我。

11‧24 星期三
花慢了

　　不知是今年花慢了？還是因為我跟上花朵進度？總覺得花沒有很多，至今還開不上花，截至今天也才出了兩箱，共計二十三枝，相較於去年此時已出三百多枝，差距甚遠。

　　這麼些年來，花市第一次主動問我，虎頭蘭什麼時候會正常供貨？讓我有點受寵若驚，常覺得自己是放牛班孩子，花場不大，不容易受老師青睞，突然被關心著實嚇一跳，才得知，原來所有花場都慢了，經拍賣員一一詢問，都說要十二月中旬才能

正常出花，猜想是氣溫關係吧！雖早晚溫差大，但總覺得還沒有冷到縮脖子程度，而虎頭蘭偏偏就是要冷到不要不要才要開花。所以，每年最冷時候我反而都在戶外「吹冷氣」，原來「凍齡」是如此由來。

花慢了唯一好處是，適逢過年花相對多了，而明年正值虎年，市場普遍看好「虎」頭蘭，粗估能價量齊揚吧！雖然我沒有什麼量，依然期待價揚。

11 · 26 星期五
水管

常開玩笑我農莊的水管，大大小小多到可連接到阿里山了，幾百根水管，但我卻對水管一竅不通，並抗拒學習，什麼幾分管、幾英吋、三通……我統統搞不懂，也無心弄懂。

而今天最大學習是，我學會基本接水管、鋸水管、烤水管（確定不是烤小管），以前經常看水電師傅、工人接水管，從不曾自己動手，今天鄰村大哥來，請教他水管分流該怎麼接，為了要在春梅區安裝噴灑系統，在他指導下，我有了第一次動手做的體驗，沒想像中難，就像做勞作一樣，有幾分成就感。

　　記得有一次化糞池三通水管破了，請水電師傅順道幫我買材料來，原想讓工人修補，但買來後，師傅順手就接起管，我問怎麼接了？師傅說：「不然，妳會哦？！」還以為是「沙蜜數」給我這個老客戶，結果收費 2000 ！雖然很臭，但是 2000 耶！！那時就覺得，我因為連管子都不會買，只能任人宰割，應該正視「水管」這件事，哪怕只學會基本認識水管尺寸，對自己都是幫助，不該這麼多年，仍然退避三舍，很高興有了今天的學習，對於水管總算不再那麼抗拒。

11‧27 星期六
梅子的鼓勵

　　今天偕同工人，完成春梅區灑水設施，我想是梅子年初收成約兩百斤，給我鼓勵很大，仰頭見梅花花苞依稀在枝頭，心想，如果我再多給它水份，想必明年收成能更好，梅樹也能長得更強壯些，於是啟動了我施作春梅區灌溉系統，之前它跟我一樣看天吃飯，現在它可以看我吃飯了，而我可以指望它吃飯。

　　完成後，啟動灑水，見水如碟型噴灑在樹周圍，浸潤了土地，頓時覺得好美，好有成就感，好開心，明年梅子肯定回報我白白胖胖的果實。

11．29 星期一
大花房與小院子

　　往常我總在咖啡館前小院子整理葉材，花數量不多時也喜歡窩在小院子理花，小院子很方便，沖咖啡、煮東西、洗衣服、回房間、拈花惹草，就是悠閒感；而花房換個說詞就是戰場，通常到達一個花量時候才會移師陣地，只要一進入花房，接下來的日子就要有開戰心理準備。（真不知我那好戰的血液是哪一世殘存，老喜歡用『戰』這個字眼。）

　　下午採了些花，雖不多，但進花房整理有助於時間加速，畢竟工具齊全，空間寬敞，言下之意就是要上戰場了，已經要速戰速決，而不是享受悠閒時光。五十枝花小意思，慢在大大小小，花色不一，要怎麼裝箱到最適當，反倒要花點時間排列組合，出花初期最是麻煩也不過如此。

　　看見小花跑回來鼻頭有咬痕，又去打架了，這隻狗一樣殘存好戰血液。

十二月

12‧03 星期五
放寒假

　　大哥與姐姐（人物介紹寫在 8/6- 鶼鰈情深）住
到這週末，累計二十七週，從最熱住到最冷，姐姐
說要暫時跟我請假，我想也是該放「寒假」了，入冬
後天氣多溼冷，山區對不是長期居住的年長者而言
是偏冷了，等春暖花開時節舒服些。

　　從五月份到今日，來了二十七個週末，相信已
經寫下農莊的記錄了。

12‧04 星期六
週末夜

　　很久沒有週末夜晚外出，都快忘記週末那種放
鬆感覺了，趁著沒有客人的週末夜，去山上按摩，
讓身體放假，很高興是去山上按摩而不是市區，躺
在按摩床上享受都市所沒有的純樸加上冷空氣氛
圍，按完後洗個澡換上睡衣就可以跳上車回家，換
另一張床睡覺，這就是我山居生活的週末夜晚。

　　山上最美時節就是冬天，天黑得早，天亮得晚，
冷空氣經常讓人臉紅咚咚，說話還會冒煙，窩在家
裡吹暖氣成了很棒享受，山上人少，沒有喧囂，沒
有都市應有盡有的琳瑯滿目，所見就是山，就是我

那些花草樹木，經常三天也見不到一個人，但我卻愈來愈愛山居生活，愛上恬靜；想我年輕時，喜歡新物、喜歡都市，喜歡週末逛百貨公司、逛夜市，擠在人群裡，年紀稍長開始愛上樸實，不再愛擠在人群裡，只是偶爾會想念凡間的塵囂罷了！

12．07 星期二
出乎意料

隨手修剪路邊略為遮住光線的肖楠和紅檜，數量不多，散落一地深綠色在寒冬中倒顯得耀眼，心想，收拾收拾拿去市場賣看看，於是又撥揮我賣菜精神，一小枝一小枝剪下，再一把一把綑好，不敢有任何奢望，肖楠與紅檜葉材屬性很近，葉大略為飄逸，不夠堅挺，以我的認知不是市場主流，只求不要打入殘貨就好。

結果，出乎我意料，價格讓我眼睛為之一亮，一把葉材可以買一個便當了，往年這時候忙花，葉材過了十一月就沒時間理會，今年，花遲遲未到，還能得空玩玩葉材。

12・09 星期四
修枝剪

　　不同地域的朋友，卻不約而同送了相同的禮物，真有趣，於是我這個月收到兩隻修枝剪。感覺我可以一直剪一直剪一直剪了……好像我很愛剪的樣子，也確實，除了手機，剪刀大概是我排名第二的手持物，不久前為了換一把新剪刀猶豫半個月，猶豫要用兩張鈔票換呢？還是維持用原來的一張鈔票呢？想想後者也很奢侈了，等哪天我成就一座森林時再進階不遲，在思考中，舊刀刃破口又用過半個月，代表它也不差，就維持吧！

　　雖然經常用修枝剪，但從沒考慮用電動剪，是因為覺得沒有手感，沒有手握剪刀用力剪下枝條，判別樹枝硬度的感覺，這會兒沒想到會收到電動剪，倒是滿驚喜，迫不及待啟動，超省力，雖然沒有手感，但喀喀喀速度上快許多，虎口也不那麼吃力，感覺是回不去手剪了。

12‧10 星期五
工商時間

一直覺得花是奢侈品，而我半徑一百公里內的親朋好友都不是奢侈的人，就算發了廣告也多半乏人問津，但依然要發廣告告訴大家，花開了。

高貴不貴的虎頭蘭，值得細細品味⋯⋯

什麼都漲價，唯獨我花價多年來始終沒漲，一盒1200，8-12枝，買兩盒送專屬花袋一個。

今年特製花袋，特別為花量身定作，方便您分裝送禮。

花袋可單獨購買，一個250元，或買花加價購一個150元。

12‧12 星期日
好久不見

說說這週末的客人。

我開業第一個12月，很冷，他帶全家老小來住上一晚，最小才兩歲，他說早想來了，但孩子小不方便出門，那時我已兩年不見他，我覺得捧場成份居多，卻有溫暖的感覺，那天剛好有流星雨，就像流星劃過，他們一家人到來讓我驚喜；第二個12月，

他又攜老扶幼帶上全家來，我覺得他們是真心喜歡這裡；今年是第三個12月，他們全家老小再度來了，老媽媽一看到我，笑容像盛開的冬菊，我們異口同聲說「好久不見」，一看到他們家小孩都長高不少，驚呼，一年也過得太快了吧！這次，我覺得他們不僅喜歡這裡，還把我當朋友。

他是我曾經職場上認識的會計師，合作多年，那時我們對話內容只有「錢」，好像除了數字，我們沒有其它話題，現在，除了錢不談外，什麼都聊，也絕口不談曾經職場上的事，我覺得這樣很好，不是每個人都喜歡話當年，當年對我而言依然是重傷，沒忘的是「陳姐」稱呼，讓我倍感親切，回歸到朋友面，老朋友。

12．14 星期二
茱市場

正在整理肖楠葉材，朋友適巧來訪，問我作什麼用？我說要拿去市場賣，她問我是南門市場嗎？還是東市場？我說都不是。她又問哪個菜市場？我忍不住笑了出來，拿去菜市場賣，恐怕沒人理我，還會被說神經，肖楠葉子是能煮哦！

葉材當然是拿去花卉市場呀！

菜市場

12‧15 星期三
繪本

從五月份興起繪本構想後，小史便如火如荼進行與新書同名繪本，迄今已累積四十張左右，距離目標六十張相去不遠。

看到「掌門人」插畫時，第一直覺是，難得我的頭髮這麼整齊，繪本裡的我，不是工作就是行進中，小史總能抓得住我，頭髮不是亂就是飄，難得這麼

柔順；看到「喝西北風」時，小花比我還搶鏡，儼然餓了很久；「貝殼的家」美得連我都想鑽進去住；活脫脫的「交響樂」在黑夜中上演；「警戒」繪盡了疫情期間人我疏離感；「造林」深刻刻畫出那股不屈不撓精神；「蜂毒」有我工作上遭遇的險境；真實日常如「辦家家酒」，「坍方」是住在山裡不可避免的意外；最愛的工作項目莫過於「修枝剪葉」；認真的「鏍絲釘」捨我其誰？一張又一張精彩插畫，都是如實山居生活，彷彿小史在寫生一樣，看得我不得不拍案叫絕。

若不是疫情讓農莊慘淡經營，不會有繪本契機，失之東隅，收之桑榆，人生幾何，能以繪本型態呈現山居生活將是我生命中永恆收藏。

12．16 星期四
白馬王子

早上工人去造林區除草，不久打視訊電話給我，鏡頭朝向車，說車子要掉下去了，我趕緊騎機車到下方造林區，小貨車撞斷了一棵樹，右前輪已經懸空，後輪地上明顯有空轉痕跡，顯然工人努力好一陣子仍然無法將小貨車退出，還好所在地夠寬敞，這時我的白馬王子就派上用場，不費吹灰之力就將小貨車整個拖出來，結束小小的有驚無險。

　　有一次，朋友看到我手機藍牙有一個連結對象「白馬王子」，睥睨著我，那賊眼像我有天大不可告人祕密，我指向門外白色皮卡：「從來沒有保密過，它明目張膽在我家住兩年多了。」

12 · 17 星期五
內行人

　　傍晚去樂野逛逛，順道帶些花去蹭飯，大哥說換點錢吧！我說那就隨便賣，當大家的啤酒錢吧！

　　大哥把花擺在門口，真有人買，我剛好經過，買花的人把花舉向我，三把 100 元喔！我笑笑，說我種的，就這麼巧，現賣的對象是我，我想是花要跟我打招呼，說她很爭氣，把自己展現出去了。

　　我說沒人會相信你買三把只要 100 元，她同意，還說一把 100 元都沒人會相信。果然是內行人。

12‧19 星期日
小毛驢

　　今天小毛驢很有事，下午兩點正忙著理花，工人來電說小貨車有事要我到造林區，一看，這回是後輪滑入邊坡，又是右前輪懸空，工人已經準備好鋼索，一樣有請白馬王子救援，皮卡雖然很有力，但就兩米路寬，加上崎嶇不平，要用倒車進入著實費了一番勁，標榜能拖飛機的皮卡拖小毛驢完全不是問題，問題是所處位置。

　　四點，在花房聽到從山谷傳來踩足油門，車子發出怒吼的引擎聲，一次又一次，非常不尋常，敢情又是陷入困境，走到門外往山谷望去，車子又進入造林區更深處，路更小了，加速引擎聲仍然不斷，顯然動彈不得，騎機車前去一探究竟，小貨車整個輪胎打滑空轉，工人試圖駛出，只有讓輪胎更火冒三丈，磨出陣陣濃煙，這次，我的白馬王子再厲害也英雄無用武之地，最後有請鄰村大哥來幫忙駛出才脫困。

　　我開始懷疑工人照駕是用雞腿換來。

12‧20 星期一
灌溉

　　進入十一月後，開始乾旱，不同去年的是，今年「水情」平靜許多，不再驚濤駭浪，不再劍拔弩張，不用「攘外」，只需「安內」，巡查自家水源處，整個十一月只下了四天雨至今，於是傍晚啟動灑水，一結束灑水，竟開始飄起細雨，正當懊惱做了白工又浪費時間，不覺又安慰起自己，老天肯定知道我用心，就是因為澆了水才下雨，不然林區許多苗木怎麼辦？這場小雨來的是時候，足夠滋潤造林區每一棵樹木了。

灌溉

　　自從年初有自己水源後，供水穩定，雨季時還一度成災，旱季水源就是小了點，但總能源源不絕，花卉灌溉不是問題，但林區就沒那麼順利，經過一年野外曝曬，許多水管不明原因斷掉，陸續修補中，造成林區苗木未能充份澆灌，今天一場綿綿細雨算是補足了欠缺多日的水份。

　　十二月，在經過二十天乾旱後終於下雨了。

12・21 星期二
定稿

　　每張插畫的初始，會與小史當面就主題先行討論之後才定稿，定稿之後通常不再修改，或小幅修改，以免小史翻白眼。

　　但〈森林美容院〉定稿後仍修改多次，一切都是因為樹「腳」，我挑剔他畫得像魷魚，軟趴趴，沒有呈現出樹根抓地該有的力道，一修再修，小史覺得有必要再面對面，當場給我要的「腳」，他訝異我要的樹腳原來這麼大，在電話裡確實很難抓到感覺，我想小史應該有忍住不要一腳踢飛我。

12・23 星期四
福都來

　　午後正忙著理一堆積如山的花，承攬國家公園的景觀包商來電，讓我載些虎頭蘭盆栽上去，他們想應景虎年用虎頭蘭作為景觀之一，有眼光，讚！

　　於是放下手邊工作，趕緊挑幾盆花火速送上阿里山。已經許久未上國家公園，要不是工作在身，真想好好欣賞冬季阿里山，高海拔的美正是此時，可惜只能驚鴻一瞥。

　　協助他們擺放後，再火速趕回農莊，將今天要出的貨趕緊整理整理裝箱，請貨運等我一下，又火速送下山，已經七點，比平常慢了一小時半，再火速回農莊繼續未理完的花，衝上衝下衝來衝去，好像我有風火輪似，疲於奔命，至於晚餐只能囫圇吞棗含糊而過。

12・24 星期五
平安夜

　　去年的今天也在樂野，部落的平安夜就是有氣氛，唱詩歌、點燈、歡樂、寧靜、祥和、美食、美酒，好一個平安夜，真美。

12‧26 星期日
慵懶

清晨，被窩裡聽見雨聲，滴滴答答，不覺睡晚了，七點起身見山嵐層次有致，胡亂穿搭一番便衝下樓，漫步花園裡，看那近日正綻放美麗的梅花正片片飄落，想起曾經寫到「我愛的那梅花，當年殷殷期盼，多年後不經易回眸，竟已如雪花般在枝頭上攀附，啊！那梅花不覺灑落在我髮上，將青絲覆成了鶴髮。」不正是此時嗎？

回餐館煮杯咖啡，端坐在院子裡看山嵐，享受陣陣水氣輕拂臉龐，時間竟已過一時，該上工了，拿著剪刀要去剪花，卻見客人來，為客人煮杯咖啡，閒話半晌，客人說這是好地方，要跟朋友分享，想拍張我與花園照片，我推遲了一下，心想，今天鏡子都還沒照到，頭髮也沒梳，臉也沒洗，穿著笨重外套，也不知是什麼樣貌，客人說好看好看，於是拍下一張我從照片看到今天的自己的模樣。

12‧31 星期五
執念

　　一直以來，理花時候，遇見最美的花總會偷偷留下來，捨不得賣掉，賣掉一枝最美的花，我可以吃一餐，卻寧願餓肚子看美麗的花，這個執念很多年，終於，在 2021 最後一天，這個執念被破除了。

執念

　　今天接到拍賣市場來電，說明有廟宇指定我最美的花，能將花園的花放在神殿裡作爲主花，供許多信衆欣賞，是多麼值得驕傲啊！一直到過年，我會將最美麗的花送出，完全不留戀，甚至很高興，因爲，這是我的榮幸。

　　如果您到北港朝天宮，看到神殿裡的虎頭蘭，不要懷疑，就是我家的花。

　　「媽祖」破除了我的執念，有意思。

2022 散記
一月・二月

01 · 11 星期二
揮別過去

　　客串友人公司尾牙主持人，內心多少忐忑，四年前離開職場後與業界幾乎斷線，尾牙場合形同面對過去，說到底，誰記得我？是啊！誰記你？一樣𠻖𠻖啦啦，一樣酒胡亂喝一通，這世間沒有誰會記得你的過去，沒有誰會在乎你過得好不好？所以沒有任何眼光，還能叫出我的名字也不枉費在那個業界混那麼多年，今日算是對過去釋懷了。

　　讓自己驚豔的是，還能穿下十七年前旗袍，這是第二次穿它，記得這件冬季旗袍是當年到上海玩時特地選購，有其意義，一直很喜歡，但一直苦無機會再穿，這次終於給派上用場，美麗主持人再現！

01‧21 星期五
記事一：靜坐

　　花來的不快，但加個小夜班有必要，最佳戰友非煤油暖爐莫屬，這陣子總要陪花坐上一整天，晚餐後點上煤油與花繼續靜坐氣氛加分。

記事二：台南

　　今晚想到「台南」，與台南並沒有地緣關係，但今年受惠台南不少，先是兩場演講，後是台南花市訂貨給了很好的價格，台南市場因爲不大，幾乎不太供貨，今年卻異軍突起，成了最大訂貨市場，再則花卉出口商也在台南，還有，台南來的客人最多，台南看到我的潛力，台南，我愛你。

01 · 24 星期一
前世今生

今晚回台中，感覺特別溫暖，在山上，每晚冷吱吱，摸黑起早，昏天暗地，原本給自己的目標，一月份每天只要睡五小時，我想再怎麼辛苦也就這一個月，但截至目前為止只有兩天達成，更別說今晚七點就能擺平，覺得台中太好了！

再一週就過年了，花只收了一半多些，也罷，有點忙又不太忙，每天依然睡七小時，生活依然美麗。

最近突然在想，我的前世？為什麼我今生會在這裡？肯定有前世因緣。

猜想我有一世一定是住在海裡；有一世我應該是僧侶；有一世被族裏放逐了；有一世肯定是愛上凡人的花；有一世住在這山裡……好吧！過去世不重要了，重要的是把這一世過得精彩。

01‧29 星期六
吹口哨

今天是上小夜班最後一天，隨著拍賣市場休市，進入年節，花季也算告一段落，總算可以吹口哨了。

今年花季得意的是我堪稱獨撐全場，我愈來愈能掌控農莊四季時序，跟著植物作息調整自己生活節奏。這個月雖然起早、晚睡，但精神跟身體都與大自然同步，與花作息一起，此刻真是一枝花了（有一本書《正念，此刻是一枝花》藉以暗喻我心無旁騖，化身成一枝花，全部念頭融入在花裡），心境從在大海滑獨木舟到在湖邊釣魚，相較於往年有很大轉變。

01‧30 星期日
意志力

清晨醒來，美景當前，漫步花園，不見工人，詢問，在酣夢中，累壞了。

肯定是，29 天沒有休息，下雨仍穿著雨衣在花田收花，協助理花前置作業，緊繃意志力跟著花老闆撐到最後一刻，終於，可以鬆懈了。

02‧06 星期日
週記

　　總是期待假期到來，又歡喜假期結束。

　　從初一到廟附近擺攤三天，是給自己的新春功課，心得是，很多人不認識虎頭蘭，還有誤認為花太開，很快要凋謝，再則我不太會招呼客人。

　　我在 30 歲時候認識虎頭蘭，覺得這花太美、太高貴了，那時手邊收到一枝花，想再買一枝湊成一雙，當年節禮送長者，都還記得花店裡不大一枝，350 元，相較現在我又新鮮又大把的花只賣 150 元，親民許多，至於花太開反倒是虎頭蘭最美的一面。

　　初三起陸續來了親朋好友，每天每餐都像在大拜拜，幸虧有好同學當了四天總舖師，每餐就定位負責料理，而我仍然繼續與花奮戰，將年前未出完的花儘可能採收，趕在初五花市開市；反倒是今年關閉客房，少了忙客人的活，在我關閉客房前，唯一一組早早訂到房是去年曾來過年的一家人，說很期待來這兒，明年還要來這裡過年，美麗的註定。

　　終於，新的一年才真的要開始了。

02·12 星期六
老太太

　　客人看到我說，網路寫這裡是一個女生在經營，是你嗎？我點點頭，客人驚訝我這麼年輕……

　　之前一位客人聽聞別人介紹而來，看到我也是相同的問句，然後說，他以為會看到一位老太太……

　　我想隨著時間推進，我很快會不年輕，也將是老太太，沒有人會相信我多想要快點變成老太太。

02·15 星期二
拖吊

　　原本這週要啟動休假模式，但天公不作美，到處下雨，哪也去不了，只好繼續待在農莊，但不同的是，這一周公休，形同我在自己的花園裡渡假。

　　今日高度覺得小毛驢犯太歲，一年三次拖吊，今日拖吊車來，聊著聊著去年此時也是同一位司機來拖吊。小毛驢拋錨在小平台，吊車無法靠近，幸好白馬王子協助前半段，將之拖到大平台，再由拖吊車載至修配廠，修配廠老闆說這台小貨車換離合器的名次是他修配廠第一名，敢情是要頒發獎狀了唷！

過年期間朋友載了一批二手木棧板來，這幾天得空，與工人修修補補，在杜松區做了一個小平台。

02．18 星期五
太歲

小毛驢才進廠大修回來，下午又給鬧情緒，爆胎了，好大的一聲，當時在山谷裡，以為是哪的電箱爆了，竟是自家車胎。倒底是小毛驢犯太歲？還是工人犯太歲？還是我？

好吧！此事無關乎太歲，就是爆胎而已。

02．19 星期六
發表感言

今天是我接手花園滿十年的日子，值得發表感言。

這十年歷經悲歡離合，嚐盡酸甜苦辣，感受人情冷暖，吞下巨大孤獨丸，寂寞如影隨形，做著沒有人理解的事，走著走著，風風雨雨，辛苦沒有少過，但這一年倒覺得腳步輕快了起來，開始學會吹口哨，終於從忍受一個人、接受一個人，到現在能享受一個人，今晚我要敬自己能堅持十年一杯酒和兩個字「勇敢」。

花園十年又被切割成前半段與後半段，6 年與 4 年，我的人生也因此被切割成前半段與後半段，美妙與勇敢。也因為走進這座花園生命歸屬有了改變，我不再是我，也不再屬於自己，是這片土地的一坯土，沒有高瞻遠矚，沒有雄心壯志，也沒有非得不的事，只有跟著自然的時序前行。

「此生若不是走進山林，不會成就一片樹林，在此同時，大地亦給了最大勇氣與力量，相信願力啟動，會有超乎自覺能力，是大自然的賦與生命才能如此自在。」回頭看這一句曾經寫過的話，依然深信不移。

感謝：

在此感謝這一年來走進書裡的人，因為您們豐富了書本，還有很多默默支持我的人，雖沒寫進書裡，但點滴銘記在心，感謝更多，謝謝您們不嫌棄我的廚藝，經常來吃飯，謝謝您們不嫌棄客房簡陋來住宿，謝謝您們買花、買咖啡、買農產品……謝謝您們雖然很忙不能親臨，但總不忘在臉書上為我加油按讚，花舞山嵐農莊因為有您們支持將更美麗。

預告

　　本書裡的插畫，將集結成冊，篇幅再增加，編製成彩色繪本，預計用六十張插畫表現山居生活一整年，內容更有趣了，不只為大人而寫，也為小孩而畫，第一本花舞山嵐農莊繪本，將尾隨而至，敬請支持。

　　繪本將與書同名《花舞山嵐農莊－山居生活》

花園大記事

2012 年 2/20 承接花園

2013 年 3 月簽約買地

2013 年 12 月土地完成過戶

2014 年 4 月第一次申請水土保持（整地）

2015 年 同意所申請，同月怪手進場施作水保工程

2015 年 7 月花園開始遷徙，歷時十個月

2015 年 8 月完成第一階段整地，歷時 101 天

2015 年 9 月搬進新園區，第一年在新園區理花

2015 年 12 月工作室建蓋完成

2016 年 4 月舊園區退租，全數撤離

2016 年 5 月整地驗收完成

2016 年 8 月第二次申請水土保持

2017 年 1 月同意所申請水土保持

2017 年 4 月怪手進場施作水保工程

2017 年 11 月完成整地，同月獨立接手花園

2018 年 2 月園區路面舖設

2019 年 3 月完成全面積造林

2019 年 8 月對外開放咖啡館、休閒區、花園

2020 年 7 月首次辦一場戶外音樂會

2020 年 10 月阿管處以優良店家之名給予步道建設

2021 年 1 月園區水管被斷，同月，開挖水源並申請水權

2021 年 7 月尋回失落三分地，繼續植栽造林

2022 年 2 月滿十年

國家圖書館出版品預行編目資料

花舞山嵐農莊　山居生活 / 陳似蓮 著
--初版-- 臺北市：博客思出版事業網：2022.04
ISBN： 978-986-0762-22-8（平裝）

863.4　　　　　　　　　　　　　　111003920

現代散文 16

花舞山嵐農莊　山居生活

作　　者：陳似蓮
編　　輯：陳似蓮、塗宇樵、楊容容
美　　編：史益宣
封面設計：史益宣
出 版 者：博客思出版事業網
地　　址：台北市中正區重慶南路1段121號8樓之14
電　　話：（02）2331-1675或（02）2331-1691
傳　　真：（02）2382-6225
E－MAIL：books5w@gmail.com或books5w@yahoo.com.tw
網路書店：http://bookstv.com.tw/
　　　　　https://www.pcstore.com.tw/yesbooks/
　　　　　https://shopee.tw/books5w
　　　　　博客來網路書店、博客思網路書店
　　　　　三民書局、金石堂書店
經　　銷：聯合發行股份有限公司
電　　話：（02）2917-8022　　傳真：（02）2915-7212
劃撥戶名：蘭臺出版社　　　　帳號：18995335
香港代理：香港聯合零售有限公司
電　　話：（852）2150-2100　　傳真：（852）2356-0735
出版日期：2022年4月 初版
定　　價：新臺幣280元整（平裝）
ISBN：978-986-0762-22-8